EX LIBRIS

AMARCORD

Amarcord

Evelyne Nicod

AMARCORD

MILANO
GATTERIA
MMXXIV

AMARCORD: SOUVENIRS

di

EVELYNE NICOD

Editore: Gatteria®, Milano, www.gatteria.it
Edizione cartacea 1
Data pubblicazione: 17 febbraio 2024

ISBN 9791280330864

INDICE

L'autore

Prefazione

Cinque storie di donne che non si lasciano trascinare dal destino. Niente fatalità, non mancano gli ostacoli che daranno forza alla vita.

Amano, sono lasciate, consapevoli della precarietà dei sentimenti loro e degli altri, soprattutto degli altri.

Hanno in comune la fortuna di essere state allevate da famiglie affettuose.

Come affrontare il dolore dopo la perdita di una persona amata.

Storie di tutti noi e qualche considerazione personale. Come resistere a un "Amarcord"?

Introduzione

Mi chiamo Margherita

Margherita, una vecchia zitella, rievoca i momenti più significativi della sua vita dal fondo del letto. Figlia di genitori anziani, cresciuta in una famiglia alto borghese, si chiede perché scrivere. Nata negli anni sessanta, ha visto la sua famiglia passare dall'essere una dinastia di avvocati a scegliere percorsi diversi.

La frivola

Silvia, nata in una famiglia affettuosa, vive una vita di leggerezza e spensieratezza. Adorata fin dalla nascita, la sua infanzia è caratterizzata da gioia e curiosità. Cresciuta in un ambiente amorevole, Silvia affronta la vita con un sorriso perenne, godendo delle piccole e grandi scoperte quotidiane.

Ficcanaso emerita

Edvige, una novantaduenne che vive da sempre nello stesso stabile, decide di spiare i condomini per combattere la noia. Figlia di una famiglia benestante, racconta con ironia la vita nel suo condominio, un microcosmo di storie e personaggi intriganti.

Mirta

Mirta, fortunata fin dalla nascita, cresce in una famiglia affettuosa con una chioma fiammeggiante che la rende visibile ovunque. La sua vita cambia tragicamente quando i genitori muoiono in un incidente aereo. Affronta la perdita con il sostegno della nonna, trovando lentamente la strada verso la serenità.

I frontalieri

Debora, una giovane cameriera, si alza ogni mattina alle cinque e trenta per lavorare in Svizzera. Vive in un villaggio vicino alla frontiera, dove la manodopera italiana ha trovato opportunità lavorative nel passato. La sua vita è scandita da sacrifici quotidiani, ma anche dalla speranza di un futuro migliore grazie allo stipendio svizzero.

Queste storie raccontano le vite di donne straordinarie che affrontano il loro destino con coraggio e determinazione. Ognuna di loro rappresenta una sfaccettatura diversa della resilienza femminile, offrendo al lettore una prospettiva intima e toccante sulle sfide e le gioie della vita.

1 Margherita

Amarcord di Margherita

Mi chiamo Margherita, una vecchia zitella che gioca a sonnecchiare in fondo al letto, ricordandosi di certi momenti più o meno interessanti e qualcuno felice. È buffo scoprire a qual punto il dormiveglia permette di cancellare i tabù, tutto si svolge con chiarezza, gli odi e gli amori del passato.

Dunque, perché scrivo? Come direbbe Paoli, perché non ho niente di meglio da fare, e quel che mi viene anche più facilmente.

Sono nata da genitori anziani, seconda figlia, mio padre si sposò con la cognata, vedova a 54 anni. Aveva 60 anni quando nacqui, 58 per la prima, mia sorella Viola. Abbiamo tutte nomi di fiori, la mamma era la più bella "Rosa ".

Una famiglia alto borghese, una dinastia di avvocati, di padre in figlio. Poi siamo arrivate noi negli anni sessanta, mai più sentito parlare di diritto in seguito. Viola scelse architettura al Politecnico di Milano, conobbe suo marito che studiava ingegneria. I genitori sono deceduti a un anno l'uno dall'altro, Viola sposo Vittorio Spinoli dopo la laurea di entrambi.

La nostra infanzia fu noiosa di banalità, due brave fanciulle, bene educate, il 68 non ci sfiorò nemmeno. I nostri genitori ci volevano bene, curate come fiorellini preziosi, ci regalarono una cinquecento a 18 anni, una pelliccia di castoro e un soggiorno di due mesi a Londra come ospiti di un istituto rinomato.

Passavamo i mesi estivi di solito in riva al Lago Maggiore in giugno, ci spostavamo in luglio in Liguria al mare, e invariabilmente in agosto a Vigo di Fassa.

Eravamo molto pigre, le camminate sui sentieri ci annoiavano parecchio, in compenso fiorivano gli spasimanti in pantaloni alla zuava.

Non l'ho ancora precisato, eravamo molto carine.

Adesso parlerò di me, il contesto essendo già chiaro, due sbarbine con la puzza sotto il naso, sarebbe il nostro destino. Si, eravamo viziatissime, ma non si tollerava l'insolenza in casa, rispettavamo le formalità inculcate. Mia sorella mi considerava una intrusa nella sua vita di figlia unica che le andava alla perfezione. Mi ha odiata per anni, pizzicotti di nascosto, spinte non amichevole nello sport, in gara per i primi posti, ovunque, a scuola, ovvio, a tavola, in macchina, con gli amici. Non me ne importava niente, mi sentivo la migliore, peggio per lei.

Studiavo con facilità, un anno di anticipo per la maturità e scelsi la facoltà di lingua inglese. Non si parlava di insegnare, odiavo l'idea di una cattedra e di studenti annoiati ad ascoltare o fare finta. Sono sempre stata una solitaria, le traduzioni di autori inglesi mi piacevano parecchio, ma da libera professionista, non legata a una casa editrice. Avevamo ereditato un immobile dalle parti di Piazza Buonarroti a Milano, quattro piani, una decina di appartamenti, otto in affitto, uno per Viola, il più grande, quello dei genitori, per me, lo studio di mio padre che feci sistemare da mia sorella, neo laureata, ma brava.

Non avevamo bisogno di guadagnarci la vita, ci avevano pensato i genitori.

Conobbi un agente letterario e iniziò così la mia vita lavorativa.

Nel frattempo, i rapporti con mia sorella sono migliorati e diventati affettuosi. Ancora oggi ci sopportiamo e ci vogliamo bene.

A che pro scrivere una storia così insulsa? Ma perché non lo è stata mai un secondo, insulsa. La auguro a tutti voi una vita insulsa come la mia…

Detto così sembra una battuta, ma devo ammettere di essere stata molto fortunata.

La libertà di non dovere rendere conto di niente a nessuno, grazie a papà, il denaro va e viene, non crea problemi perché siamo solo benestanti, non miliardarie. Non ne vogliamo ancora di più, né barche né cianfrusaglie da esibire. Io incontro chi mi piace, che ammiro, posso invitare i miei amici, fare loro dei regali, ecc.

Riprendo dall'inizio. La scuola non mi piaceva, mi ci annoiavo, pero c'era la mia amica di banco, Bianca Penatti. Una peste fenomenale che mi faceva morire. Marinavamo spesso per andare al cinema, eravamo pazze di Clint Eastwood, solo film western, niente cinema di autore. Steve Mac Queen faceva tenerezza, niente Mastroianni, Fellini, leggevamo i pettegolezzi su Oggi, lo Stop. Poi facevamo delle feste tra ragazze e ascoltavamo gli Stones che non avevano mai "satisfaction", ci baciavamo sugli specchi come delle indiavolate, ridendo a crepapelle. Non sapevamo granché di sesso, ci torturavamo per capire cosa succedeva se un ragazzo ci toccava, quando si rischiava di rimanere incinte? Le solite adolescenti irrequiete. Viola aveva un filarino, lo sapevo, li avevo visti baciarsi all'uscita della scuola, lui le toccava il seno e a lei sembrava che piacesse parecchio. La pregavo di dirmi cosa le faceva al buio, diventava rossa e mi mandava in malora. Il mio primo vero bacio me l'ha dato uno sconosciuto sugli scogli a Santa Margherita. Non c'era la luna, faceva un buio pesto, eravamo un gruppo di ragazzi con due nuovi arrivati, si chiamava Silvio, mi aveva palpato ben bene, poi ci eravamo stesi e arrotolati per ore, avevo le labbra gonfie e la gonna stropicciata al ritorno a casa. Telefonai per ore a Bianca per informarla della notizia del secolo, l'avevo provato il brivido dell'estasi, o quasi.

Andavo a spasso con il mio cane Briciola, una meticcia nera, che mi seguiva ovunque, e mi aspettava in caso di abbracci inaspettati. Dai quindici anni in poi non ci interessavamo a niente altro che ai ragazzi, fare o non fare, questa era la domanda, altro che l'altro rompiballe con l'essere e non essere.

Nuotavo bene e andavo lontano sul lago Maggiore, è stato in un luogo appartato in riva all'acqua che ho scoperto il segreto che ci attanagliava da anni. Non ero delusa, solo liberata da un peso, era stato lungo e un po' doloroso, il ragazzo non era molto esperto, impacciato, come me. Pero ci giuravamo un amore eterno, fino alla fine del mese.

L'università è stata il periodo più felice della mia esistenza. Tutto filava liscio, i compagni, gli stessi interessi, lo studio. Il primo vero innamoramento con Pier, i viaggi all'estero, l'anno passato a Dublino, all'Università. Pier ci raggiunse per fare un giro in bicicletta all'ovest dell'Irlanda. Un incanto di rara bellezza, i colori della costa battuta dalle onde, il grido continuo dei gabbiani, la generosità degli autoctoni, uno dei rarissimi periodi dove sembrava peccato perdere tempo a dormire. Eravamo innamorati, liberi, studiavamo anche parecchio, andavamo sulla tomba di Yeats, alla ricerca dei Dubliners di Joyce, cantavamo nei pub in gaelico.

Incontrai un agente letterario inglese che mi diede da tradurre tre autori giovani, con un linguaggio personale non accademico. Un lavoro che richiese un anno senza riposo, ma così intenso e appassionante che non feci altro che lavorare e dormire esausta. L'amore con Pier finì in amicizia. I due anni seguenti furono terribili, i genitori, ormai anziani si ammalarono del morbo di Parkinson tutti e due, avevamo un aiuto per ciascuno. Facevamo i turni con Viola, era uno strazio vedere il degrado operare, inesorabile, su queste personalità che furono non solo forti ma intelligenti, spiritose, coraggiose, per finire in questo modo pietoso.

Uscimmo da questo calvario col morale a zero. Avevamo perso le due colonne vitali della famiglia, fracassati, irriconoscibili.

Viola divenne la mia amica, ci siamo conosciute davvero con il dolore che ci attanagliava. Lei si laureò e sposò il caro Vittorio Spinoli, ingegnere fresco di diploma in elettronica, una nuova specializzazione. Se ne andarono in America per tre anni, Vittorio faceva un tirocinio in California. Mi ritrovavo sola a Milano con Briciola che invecchiava e diventava sorda. Fedele come solo un cane può esserlo, mi seguiva dappertutto. Ci amavamo alla follia. Dormiva sulla sua copertina sulla sponda del letto, sempre in allerta mi sorvegliava con un occhio solo, capiva le mie mosse al volo. Impazziva per le grattatine sul fondo schiena e brontolava di goduria guardandomi con una specie di sorriso.

La lettura mi aveva accompagnata dalla prima infanzia. Mia madre leggeva molto bene a voce alta, tutte le sere una mezz'ora di un libro che sceglieva lei, non amavamo le favole orripilanti di bambini finiti nella bocca di lupi malvagi, della bella addormentata da una matrigna malvagia, ecc. Ci piacevano le storie di viaggi, di slitte sulla neve in Alaska, della Patagonia. Ho sognato questo pezzo di Argentina per decine di anni.

Eravamo alte per l'epoca, frequentavamo una scuola di danza classica, suonavamo il pianoforte, mia sorella anche il violino, tuttora, un'ora al giorno. Eravamo brave a ricamare e lavorare a maglia. Io disegnavo bene. Lo sport lo praticavamo nuotando da sempre nel lago o al mare, andavamo in bicicletta nelle valli. Tutto per spiegare che le teste funzionavano e i muscoli pure. Mens sana in corpore sano.

Ci somigliavamo abbastanza, stessa corporatura, colore di capelli castani chiari, occhi azzurri tutte e due, le ciglia scure e folte. Avevamo pure gli stessi problemi, eravamo pelose, ci toccava depilare le gambe, e un po' i baffi. Viola sorrideva con la sua grande bocca con tutti i denti fuori, io a denti stretti, sghignazzavo, mai a bocca spalancata. Le mie mani erano grandi come i piedi, Viola aveva delle dita sottili come i suoi piedi. Nell'insieme eravamo giudicate delle belle ragazze, non da noi purtroppo. Mi sono odiata per decine di anni, mi sognavo delicata, sofisticata, un po' come Viola che trovavo molto più femminile, sexy. Mi vedevo pesante. Più gli anni passavano e più si accentuavano i difetti, poi con l'età tutto si è ridimensionato, non ha più nessuna importanza.

A forza di andate e ritorno con i miei autori inglesi, diventai amica di una editrice molto simpatica e coinvolgente nello scoprire nuovi talenti. Condividevamo gli stessi entusiasmi e disgusti, ci capivamo al volo e mi chiese di accompagnarla per un giro del mondo letterario. Si chiamava Penny Osborne.

Eravamo abbastanza Baba cool, l'India e i suoi guru ci attiravano, anzi calamitate dagli ashram, questa visione affumicata era irresistibile. Nessuna di noi due si drogava, fumavamo qualche spinello, occasionale, mai sistematico.

Ci siamo rimaste un anno intero, a meditare e passare delle ore rilassatissime a guardare la vita scorrere (panta rei, Eraclito) dimenticando il mondo dei libri. Ci ripenso ancora oggi con nostalgia.

Tutto filava liscio, eravamo un gruppetto eterogeneo, in maggioranza europei e qualche americano, più maschi che femmine, una rarità. Le coppie si formarono presto, Penny con un americano di origine irlandese, rosso di capelli e taglialegna nell'Oregon. Una fusione totale, appiccicati dalla mattina alla sera. Io mi trovai uno Sven norvegese, biondo, altezza da vichingo, dolcissimo che aveva un chiodo fisso: il sesso, tantrico se possibile. Si cambiava spesso partner, senza drammi, il possesso era una visione europea, lasciata a casa, in questo posto eravamo tutti uniti, liberi, così mi ritrovavo con John, Hervè, Maurizio, ecc. Che pacchia, mi chiedo ancora perché non ci siamo rimaste in questo mondo utopico.

Penny incontrò James, scrittore scozzese, e partimmo assieme a Goa. Altro paradiso, James meditava e copulava con Jenny, il mio programma era diverso, prendevo delle note di questo periodo senza nessuna voglia di meditazione e tutto il resto. Il clima generale era l'unità spirituale, ognuno si dava da fare per la comunità, io cucinavo e pulivo i bagni, Jenny si occupava della spesa, dei conti, James dell'infermeria e faceva l'autista di un furgoncino. Non c'erano tempi morti, dormivamo come dei ghiri, poi mi sono stufata delle cucine, non mi piaceva chi dirigeva questo posto magico. Ho lasciato Penny per andare nel Nepal, a studiare da vicino i monaci buddisti. Penny mi raggiunse poco dopo il mio secondo mese. Il mio approccio non era religioso, ma giornalistico. Osservavo, scrivevo e mi mancava il mio paese. I monaci andavano ogni giorno a mendicare il loro cibo, sereni, senza età, avvolti in tonache rosse e color zafferano, sorridenti, indifferenti. Un mondo di preghiere e di umiltà in un paesaggio severo. Ci sentivamo inermi e partimmo per la Tailandia.

La natura e i paesaggi sgargianti, profumati di fiori, ovunque, una popolazione gentile, bella, poverissima, sempre in movimento, ci accolse con un contrasto abissale dopo le montagne aride. Il cibo ricco di sapori era una delizia, i banchetti sparsi offrivano di tutto, la popolazione, molto laboriosa, viveva in casupole al limite dei centri urbani lussuosi. La prostituzione minorile attirava pedofili da tutto il mondo occidentale. La bellezza e lo squallore in uguale misura a portata di turisti. Abbiamo trovato una quantità di autori che parlavano inglese, li abbiamo intervistati, prima di poterli leggere. Una donna di una cinquantina di anni, stupenda, colta, spiegò che la loro cultura complessa era spesso intraducibile in una lingua occidentale, le poesie soprattutto. Lei aveva studiato in Inghilterra, e si rese conto che ci sarebbe voluto un lavoro titanico per rendere le sfumature della letteratura orientale, fatta di allusioni in tinte tenui. Lei ci aveva provato poi rinunciato, mancavano i vocaboli per esprimersi al meglio.

Avevamo decine di testimonianze e centinaia di libri, non sapendo se sarebbero mai stati pubblicati nei nostri paesi, per mancanza di traduttori, o d'interesse da parte degli editori o dei lettori.

Mi ammalai con il cibo delizioso, un delirio. Fui ricoverata in un ospedale per malattie infettive poi in gastroenterologia, intolleranze, allergie varie. Anni per ricuperare un minimo di autonomia alimentare, per modo di dire, rimase il mio punto debole da allora. Ero dimagrita di 16 chili, avevo una silhouette da indossatrice scarna.

Conobbi un collega, storico del risorgimento, bravissimo ricercatore, ma bisognoso di ritocchi per i suoi testi, gli davo una mano volentieri, lui pure sul divano del mio studio. Non c'era un'oncia di sentimenti amorosi, ci scambiavamo favori e basta.

Col passare dei mesi, prese l'abitudine di cenare, poi di passare la notte a casa mia. Non eravamo conviventi, se ne tornava lavorare nel suo studio, poi verso sera arrivava con una bottiglia di Barbaresco e cucinavo il risotto. Non ebbe mai il coraggio di portarmi il suo bucato, non possedeva una lavatrice...

Andammo a un congresso in Svizzera, alloggiavamo nel Grand Hotel, camera con vista sul lago dal letto, terrazza fiorita riscaldata in inverno, mobilia di gusto, salottino privato per la prima colazione, non sembrava un albergo ma una casa accogliente, piena di cuscini sulle poltrone, fiori freschi sullo scrittoio.

Cenammo con meravigliose uova ai tartufi, crostini di spugnole, il tutto servito con champagne rosé. Eravamo ospiti di una casa editrice che ci voleva coccolare. Eravamo brilli, euforici. A mezzanotte ci furono le prime avvisaglie di un problema digestivo serio, anzi catastrofico, non potevo più uscire dal bagno. Mi sembrò di morire, giramenti di testa e il seguito che si può immaginare.

Il mio accompagnatore dormiva della grossa e quando chiamai i soccorsi mi chiese cos'era questo baccano notturno, finii al pronto soccorso, ero allergica ai funghi e mi fecero un lavaggio dello stomaco, era un avvelenamento.

Il bagno era rimasto in uno stato disgustoso, il ricercatore mi piantò in asso e se ne andò schifato.

Mai una chiamata per mesi, poi ricompare chiedendomi se lo potevo aiutare, era desolato per la storia svizzera, ma la puzza del bagno l'aveva destabilizzato.

Ero una campionessa per trovarli questi tipi così sensibili, non fu il solo.

La fortuna arriva quando meno te l'aspetti. Non cercavo né la fama né l'amore con la A maiuscola, mi lasciavo portare dalla corrente, tranquilla. Penny era dirigente di una piccola casa editrice di giovani talenti, una nuova collana che seguiva con passione. Pubblicò una saga di una autrice di 23 anni, che divenne un best seller solo dal passaparola. Non un articolo ne parlò nei media all'inizio, poi divenne un successo mondiale in lingua inglese. Lo tradussi in fretta e furia, l'autrice mi invitò a casa sua in periferia nord di Londra, voleva conoscere l'amica di Penny. Si chiamava Deborah Rees, scelse uno pseudonimo, Marta Jones. Una donna piccola, minuta, madre di due bambine, sposata a 18 anni con Ralph Rees. Scriveva da sempre, questo manoscritto dormiva in un cassetto da qualche anno, lo modificò, lo riscrisse altre due volte poi lo spedì a Penny. Mi offrì un five o'clock con i soliti scones imburrati, mandati giù con litri di tè, e mi intervistò lei, incuriosita dei nostri trascorsi passati in India con Penny. Stava ripulendo uno secondo episodio della saga, non ci credeva ancora di essere pubblicata, diventata poi un personaggio adorato da un pubblico che aspettava il prossimo libro. Era adorabile, simpatica e modesta veramente. Mi scrisse una sua biografia che non tradussi come lo pensava lei, ma come la vedevo io.

In breve, nascita in una famiglia di ceto medio, papà ingegnere in aeronautica, la mamma professoressa di fisica alle superiori, una sorella medico, due anni di più. Lei era brava in lettere poi conobbe Ralph, aspettava la sua prima figlia, si sposò e nacque la seconda bambina. Fine.

Io mi sono permessa di aggiungere che era innamoratissima di Ralph, pilota militare di elicotteri, bello come il sole, ricambiata. La scrittrice era anche una sgobbona, dava esami all'università, si occupava personalmente delle figlie e scriveva di notte. La sua foto sui giornali la imbarazzava, la gente la riconosceva per strada, firmava autografi arrossendo. La vidi io stessa, il viso congestionato, la mano tremolante, firmare un foglio di giornale a una signora ringraziandola, il viso in fiamme. Si vergognava come una ladra. Andammo in un bar per bere una pinta di birra, fu offerta e abbracciata da tutti. Credevo gli inglesi riservati, ci battevano con dimostrazioni affettuose e pacche sulle spalle.

Raccontai tutto a Penny che mi confessò il numero di copie vendute nel primo mese solo in UK, un milione e duecentomila, non aveva ancora i dati americani, canadesi, australiani, neozelandesi, ecc. e i media non l'avevano ancora scoperta. Mi promise di spedirmi al più presto il secondo volume da tradurre immediatamente.

La televisione francese la invitò con me, per la presentazione del libro tradotto da una bravissima e stimata scrittrice locale che il pubblico apprezzava da decenni. Parlavamo un po' il francese, un successo per tutte e due. La Rai ci fece un'ora di diretta, era diventata un fenomeno anche da noi. Non arrossiva più, imparò in fretta a parlare senza dire niente di personale, ma con un sorriso così carino che piacque pure agli editori concorrenti.

Non si trattava di un capolavoro, ma era scritto in un modo fluido, il personaggio femminile principale era indovinato, non si mollavano fino in fondo le avventure della protagonista, aspettando le prossime tappe. Marta aveva indovinato un filone che non avrebbe avuto fine, come nelle serie televisive.

Lavorava in cucina, dopo avere sparecchiato, tre ore di seguito, il mattino dopo avere lasciato i bambini al nido e all'asilo. Altro che una camera tutta per sé, come suggeriva Virginia Woolf nel 1928. Però il denaro stava per rivoluzionare la loro vita, Penny le dava degli acconti e ridendo le disse che, sempre la cara Signora Woolf, consigliava le future scrittrici di avere un conto in banca PERSONALE, di un minimo 500 sterline dell'epoca. Il futuro si annunciava miliardario per la giovane che non sembrava volersene occupare, delegando il compito ai suoi genitori che trattavano i contratti con l'aiuto di un avvocato. Era la prima volta che traducevo un best seller, ero abituata a tempi tranquilli con Penny, ora non mi lasciava il tempo di respirare. Io non diventavo ricca, ma nuotavo con chi lo stava diventando.

Con i primi introiti consistenti, i Signori Rees acquistarono una casa grande nel quartiere di Hampstead, una cifra spaventosa, era di moda, Deborah adorava queste strade brulicanti di vita notte e giorno, Ralph molto meno, si lasciò convincere. Il marito della ragazza da copertina, non gradiva il trambusto degli ultimi tempi. Il suo stipendio di pilota era irrisorio confrontato al denaro che sua moglie raccoglieva a palate, era piacevole, ma un po' avvilente al tempo stesso.

La natura di Deborah, diventata Marta Jones, era molto accomodante e capiva che Ralph si sentisse un po' come il mantenuto della loro coppia, si scusava quasi di avere successo. Penny spiegò che ci si faceva l'abitudine in fretta a non dovere più pensare al prezzo delle cose, il contrario era molto peggio, bastava equilibrare le attenzioni in privato con focose dimostrazioni di affetto. La ricetta era vecchia ma aveva sempre funzionato, Ralph era orgoglioso, bastava fargli capire l'importanza che rappresentava per lei il suo amore disinteressato. Non era ingenua, sapeva riconoscere il vero dal falso, i suoi amici erano rimasti gli stessi dall'infanzia, non si montava la testa. Se per caso avesse tentato di farlo, sua madre l'avrebbe subito fatta tornare sulla terra con una battuta feroce.

La sua educazione la aiutava parecchio a barcamenarsi in mezzo agli adulatori, gli innumerevoli caimani che le giravano intorno con proposte sempre più accattivanti. Era molto saggia, e tanto innamorata di Ralph, dei figli, della sua famiglia solida, si sentiva protetta e solo molto fortunata. Il caso di essere arrivata al momento giusto con il libro giusto, ridimensionava il successo, non si ingannava di essere il nuovo genio della letteratura inglese.

La fortuna cresceva e Marta Jones divenne una delle donne più ricche del suo paese. La si insigniva di decorazioni prestigiose, di lauree Honoris Causa, divenne lady dalle mani di Sua Maestà Elisabeth II, la migliore ambasciatrice UK nel mondo.

Una parte dei suoi introiti era distribuita da una fondazione che presiedeva: ricerca sulle malattie genetiche, borse di studio, ospedali, scuole. Seguiva personalmente ogni settore, viaggiando, incoraggiando. Le sue conferenze erano molto seguite dovunque, sapeva comunicare.

Incominciava a trovare la trama dei suoi racconti indigesta, e il personaggio di Jenny odioso. Ne parlò con Penny che capiva lo stress di dovere andare avanti al ritmo di due volumi di trecento pagine l'anno. Affittò in Toscana una villa con una sterminata piantagione di ulivi per riflettere sul futuro della benedetta Jenny.

Mi invitò una settimana per fare delle gite in bici, su e giù dalle colline. Stanche morte, andavamo in giro per trattorie, a rifocillarci con manicaretti regionali che gradivamo tutte e due. Si beveva pure il Chianti con il Gallo nero, tornavamo brille, euforiche e le idee più chiare.

No, non ucciderà Jenny, la gallina dalle uova di oro zecchino. Scriverà con cura un solo libro all'anno di duecento pagine circa, con dettagli di attualità, non più fossilizzata in storie fantastiche. Jenny rimarrà senza età, trentacinquenne perenne, maturerà, sarà sempre intrepida, protagonista di fatti verificabili, più umana ma invulnerabile, il suo marchio di fabbrica. Sarebbe stato pubblicizzato una settimana prima della messa in vendita, le librerie sarebbero state aperte notte e giorno per la presentazione ufficiale con l'Autrice a Londra al Royal Albert Hall in matinée, in presenza dei vari traduttori internazionali, delle interpreti dei film e delle varie Jenny dello schermo. Bisognava creare una serata gioiosa di attesa, come il Natale per i bambini.

Poi sarebbe iniziato un giro promozionale delle capitali mondiali, sempre con un sottofondo festivo, eccezionale. Due mesi di follia.

Il lavoro di una scrittrice celebre non finiva con la parola fine del suo manoscritto. Mesi di firme nelle librerie più importanti l'aspettavano con incontri, dibattiti televisivi infiniti, sempre sorridente, pimpante e simpatica. Non dimenticare mai il nome del giornalista spagnolo o australiano o chissà da dove, incontrato i mesi precedenti, che aveva scritto delle recensioni così entusiastiche, che le vendite erano salite come per miracolo. Ringraziare, sempre, il lettore, i media, gli spettatori della loro preziosa fedeltà. Ci voleva una salute di ferro, Deborah ce la metteva tutta, con i soldi si sarebbe potuto aprire un reparto di Oftalmologia in un ospedale che sapeva carente di specialisti del settore.

Non era Suor Teresa, viveva nel confort, due segretarie della casa editrice al suo servizio, affittava residence per le vacanze. Aveva comprato una dimora per i suoi genitori, se la meritavano, l'aiutavano dall'inizio della carriera, e spesso viaggiavano assieme per le tournée di promozione.

I signori Rees si potevano definire molto benestanti, ma senza sfarzo, non era il loro genere comprare una Rolls Royce, la Rover era perfetta, un tenore di vita tranquillo, godevano di tanti privilegi, non se la tiravano per il loro carattere molto schivo, gelosi della loro privacy e del quieto vivere. Non per snobismo.

Il mio impegno procedeva tranquillo, a parte qualche presentazione esponenziale per i libri redditizi di Deborah. Tra di noi non usavamo mai il suo pseudonimo, era come Jenny, una finzione. Scoprii come funzionava la produzione dei film, la scelta dei registi, degli attori e soprattutto per me, dei dialoghisti. Imparai con uno dei migliori, un grande, ideava scenari, e i suoi dialoghi erano dei capolavori. Iniziò un periodo ricchissimo di incontri. Per me, la solitaria con le sue traduzioni, mi trovai nell'apprendistato del lavoro di gruppo. Ascoltavo e tentavo di imparare senza farmi troppo notare. Il genio si chiamava Gino Severino, cinquantenne burbero, toscano. per definizione una linguaccia dalla ripartita fulminea. Mi terrorizzava, questo lo divertiva parecchio, e mi accorsi che non gli dispiacevo. Era di statura media, fumava come una ciminiera, tanti capelli brizzolati e una fama di sciupafemmine addosso. Stavo alla larga da questo tipo di personaggio che girava parecchio anche nelle case editrici.

Come tutte le decisioni drastiche, gli sono cascata in braccio, innamorata persa per la seconda volta in vita mia. Non era un'attrazione solo fisica, molto più ingombrante, lo ammiravo al di là del ragionevole. Sapevo che era pericoloso, che prendeva e lasciava con la stessa facilità. Come si dice nei romanzi rosa, al cuore non si comanda, purtroppo.

Da mesi ero lasciata a me stessa, ma nemmeno disperata al punto di lasciarmi abbindolare dal primo bellimbusto che mi faceva il filo.

Ci furono le presentazioni per il prossimo film di Jenny, produzione italo-americana, regista italiano, attori misti, anche uno francese. Ero l'assistente di Gino, che non mi lasciava passare niente, duro, inflessibile. Avevano manipolato parecchio la trama originale, riconoscevo a mala pena il testo che avevo tradotto. Ne parlai con Deborah, che arrivò di volata. Si accorse subito che c'era del tenero (per modo di dire) tra me e il mio capo, era abbastanza a senso unico, dalla mia parte ovviamente. Per lei, mi trattava male per paura di legarsi a una eventuale collega, lo metteva in ansia, e mi urlava dietro.

Mi stuzzicava ma non andava mai oltre la schermaglia, mi sentivo ridicola e Deborah mi consigliò di passare all'attacco, gli uomini sono troppo vigliacchi con le donne.

Seguii il suo consiglio, una sera, dopo cena, eravamo una decina di persone a tavola, gli chiesi davanti a tutti di riaccompagnarmi a casa. Mi guardò storto, però si alzò e mi seguì nella mia tana. Eravamo imbarazzati, successero i soliti rapporti che avvengono tra due adulti normali e in buona salute.

Era molto più malleabile tra quattro mura, quasi dolce, e rimase da me fino al giorno seguente.

Dimmi come ti comporti nell'alcova e ti dirò chi sei... un'altra persona, molto gentile, finiti i ghigni sarcastici, un gattone che ronfa.

Incominciò così un nuovo episodio della mia vita.

Abbiamo lavorato e convissuto per sei anni con Gino. Ero la più giovane e inesperta, in principio, ci siamo trovati affiatati in seguito, sia sul lavoro che in privato.

Il lavoro era il nostro credo, un film dietro l'altro,

giornate di ore infinite. Si viveva in gruppo per un certo periodo, era appassionante, gli artisti, i creatori, spesso rompiballe ma accattivanti. Mi sono sempre chiesta come facevo a vivere reclusa per anni sola soletta a tradurre in casa, senza incontrare mai nessuno. Deborah mi ha cambiato la vita con i best seller, una vera rivoluzione.

Gino si mise a fare il produttore, se ne andò a vivere e lavorare negli Stati Uniti, stavo benone in piazza Buonarroti a tradurre, da sola. Capita raramente un colpo di fortuna come quello di Jenny, ma sono nata fortunata perché feci il bis con un autore misterioso, un incredibile personaggio di casa nostra. Lo sospettavo veneto, conosceva bene l'indole degli abitanti di Verona, Vicenza dove si svolgeva il suo racconto, o le tribolazioni di un giovane alle prese con una vita travagliata, spesso in situazioni grottesche, ma così accattivante che non si lasciava il libro fino all'ultima parola. Non lo tradussi in inglese, ci voleva uno di madrelingua. Mi chiese di fargli da agente e di trattare con gli editori nei paesi anglosassoni, in America del sud, in Spagna e in Portogallo. Si comunicava ormai ovunque in inglese.

Ero uscita da un mondo quasi solo al femminile, Penny, Deborah, i loro romanzi scorticavano il vivere delle donne, piombavo in una tutt'altra atmosfera, che non conoscevo per niente.

Non avevo precisato che i miei amori o infatuazioni si svolgevano su terreni neutrali, mai una sola volta coabitai con un uomo. Li amo da morire, ma non a casa mia, così ignoro dettagli che li rendono realistici. Trovai uno splendido traduttore giovane che adorava il racconto e ne fece un capolavoro, quasi migliore dell'originale. Il mio editore italiano mi rivelò l'identità dell'autore.

Che fosse veneto lo sospettavo, conosceva il lago di Garda a menadito, parlava con una cadenza che mi metteva di buon umore e si faceva chiamare con semplicità Ziani. Era nato 32 anni fa, postino dopo la laurea in legge, pizzaiolo in Alto Adige, raccoglitore di pesche nel Veronese, barista a Londra e scriveva da sempre.

Lo incontrai in un bar a Milano, era piccolo di statura, minuto, biondo chiaro con degli occhi al laser. Mi diede del tu all'istante, una stretta di mano vigorosa, beveva un caffè macchiato. Un bambinaccio cresciutello malizioso e simpaticissimo, di primo acchito. Aveva una voce bassa e sapeva usarla bene, molto sexy.

Evidente che non me l'ero immaginato con questo aspetto. Lo vedevo alto, corpo da body building e tatuaggi, la barba curata, avevo sbagliato tutto. Mi invitò in una trattoria libanese vegetariana nei dintorni, e non smise di fare domande.

Parlava molto bene l'inglese, gli chiesi perché mi voleva come intermediario per trattare con gli editori, ero solo una traduttrice dall'inglese all'italiano.

Sapeva tutto di me, del mio rapporto amichevole con Marta, Penny, Gino, la storia pazzesca della saga di Jenny. Era stufo di stagnare, voleva fare soldi in fretta e conosceva bene il suo valore, ambizioso non velleitario, aveva talento. Si fidava di me per riuscire a diventare famoso e guadagnare una montagna di soldi. Era bisex, in questo momento piuttosto con donne come lui, un po' puttanelle. Mi chiese a bruciapelo se ci stavo eventualmente.

Mi stordiva il putelo, era spudorato pure, chi credeva di essere, come osava solo pensare di portarmi a letto. Avevo una decina di anni di più, ero abbastanza conosciuta nel nostro giro, lo guardavo incredula.

Rideva vedendomi così sconvolta, e mi giurò che non intendeva saltarmi addosso, era solo una sua idea per conoscerci meglio.

Questa era un'altra generazione, molto più disinvolta della mia, con le idee chiare, sfruttare al massimo le proprie capacità.

Mi ritrovai nelle case editrici a vendere il mio puledro al migliore offerente, molto più facile per gli altri che per sé stesso, mi sorprendevo da sola. Ci sono voluti due anni per renderlo famoso anche nel mondo anglosassone. Altro che best seller, era dovunque, in TV con delle serie giornaliere, al cinema grazie al fisico eccezionale del divo americano così maschile che impersonava l'eroe del momento, in libreria, al supermercato, dappertutto. Aveva un fan club attivissimo sia di maschi che di femmine. Lo trattavo come un figlio, conobbe mezzo mondo grazie a Gino che produceva le serie. Si lasciava intervistare senza problemi, sapeva misurare le parole, era molto fotogenico, e usava a mani piene di questa facoltà. Aveva un coach che sceglieva i vestiti, mai un errore, né troppo moda, né scialbo.

I soldi entravano a palate, per tutti, come per i calciatori. Non poteva durare a lungo, si sapeva, ma il momento era magico. Meglio l'uovo oggi, che la gallina domani, dicevano i vecchi saggi.

Usammo una nuova strategia dopo un paio d'anni. Un nuovo libro molto ecologico con lo stesso personaggio meno caricaturale. I critici applaudirono, il talento fu premiato, questa volta con i protagonisti delle pagine culturali, un buon segno di durata per il futuro.

Mi succedeva una sensazione strana di potenza, era un po' grazie a me se il biondino era in cima alla scala del successo.

Mi cercavano i giornalisti per mendicare un'intervista, gli editori mi invitavano nella loro cerchia chiusissima. Rimanevo lucida, il tempismo di una carriera si costruiva, certo, ma la fortuna dava una mano, eccome. Gli incontri precedenti, anche occasionali, un minimo di intuito, un lavoro di psicologia e si poteva costruire un personaggio, ma SOLO se il prescelto aveva una forte personalità, era il caso di Ziani. Non si montò mai la testa, separava il privato del pubblico. Viveva in una casa immersa nel verde in Trentino, da solo con una governante di mezz'età sposata con il giardiniere. Scriveva tutti i giorni, tre ore nel pomeriggio. Andava su per i sentieri di montagna con il suo cane, un meticcio regalato dalla governante, la sua cagnetta aveva partorito sei cuccioli di origine sconosciuta, un po' fulvi, un po' bianchi e neri. Era una femmina, bianca e nera, assomigliava a un border collie, dormiva nella sua camera, non lo perdeva mai di vista un secondo, ricambiata al mille da uno Ziani estasiato dall'intelligenza della sua cagnetta.

Non viveva da eremita, quando spuntava il lato omosessuale, si buttava nella mischia eterogenea, in tutte le capitali del mondo, anonimo. Se le donne avevano il sopravvento, si richiudeva con la prescelta nella casa in affitto milanese finché durava l'infatuazione. Esiste un modo di dire francese che gli sta a pennello, un cuore di carciofo, una foglia alla volta per tutti.

Mi stimava e capì che non apprezzavo le sue battute sessuali. Rispettava il mio riserbo, ma ci volevamo un gran bene. Stavo diventando la sorella maggiore, le confidenze rimanevano al sicuro, senza essere giudicati. Mi trovava un po' tropo sola, nella vita privata, mi presentava a tutti, e riuscì a trovarmi un fidanzato su misura.

Era una sosia di Redford, sapeva che mi piaceva da impazzire per il sorriso e lo sguardo, ma preferivo l'originale, però non era male. Si chiamava Saverio Pelitti, giornalista di sinistra, ma non esagerato, free lance e giramondo incallito. Quarantasei anni, i capelli come l'originale, biondo rossiccio, mai sposato ma pluriseparato da donne stupende, nessun figlio nascosto, come un pesce, scivolava dalle mani al minimo tentativo di incatenamento.

Dunque, mi sono lasciata sedurre, più o meno. Era simpatico, non faceva domande sceme, eravamo tra adulti per saper come vanno queste vicende. Ci si incontrava sul lavoro, molto spesso, si cenava, poi a nanna in casa sua o mia. Ziani prese l'abitudine di invitarci in Trentino per il fine settimana. Ospiti della camera con vista sulle montagne, romantica, il mazzo di fiori sul comodino e preservativi in quantità esagerata provenienti dal Giappone. Un po' alla volta, ci siamo abituati l'uno all'altro, non c'era un colpo di fulmine in corso, nemmeno una fiammatina, si stava bene assieme, bastava cosi. Non ero il suo tipo di donna, le preferiva più formose di seno e sedere, ma magre. Non avevo il fisico da donna di Play Boy, e lui non era Redford giovane. Ziani ci versava da bere l'Amarone, mangiavamo gli spätzli e pian piano ci si sentiva su una nuvola di beatitudine eccezionale e le prestazioni miglioravano parecchio sotto i piumoni.

Ci fu pure, un sabato sera, una torta di carote che fece un effetto bomba. Si seppe più tardi che Ziani l'aveva confezionata lui stesso con un'aggiunta di erba di qualità superiore e parecchio efficace per disinibire. Imparavamo a conoscerci, e soprattutto a divertirci assieme. Il primo passo era fatto, poco sentimentale, niente promesse, niente convivenza, ma una bella amicizia erotica.

Viaggiavo spesso con Ziani, mi voleva vedere sposata prima di essere troppo vecchia, non credendo che esistessero delle donne sole che campavano felicissime di godere di una libertà totale. L'amore era un dono, o una malattia piuttosto, che faceva più soffrire che gioire, non arrivava nemmeno sforzandosi. Io stavo benissimo da single, i miei amori li avevo vissuti al loro tempo, non ne sentivo la mancanza. Saverio non era un compagno, solo un partner di schermaglia amorosa, un gioco per adulti.

A forza di insistere, Ziani confessò che Saverio teneva a me, moltissimo, mi considerava la compagna ideale: non una rompiballe, faceva i fatti suoi e li lasciava fare agli altri, era pure carina e intelligente, in poche parole la donna ideale con la quale vivere. Ridi a crepapelle, non una sola parola per dei sentimenti, non rompere era il dono caduto dal cielo, la virtù numero uno da considerare per valutare una eventuale compagna di vita.

Ricambiavo battendo le mani, niente più impicci nella mia vita. Sembrava vuota per la maggior parte della gente, io la trovavo piacevole.

Alternavo il lavoro con Gino e Ziani qualche scappatella con Jenny e Deborah. Il mondo delle donne in opposizione con quello prettamente maschile dell'altro best seller. Si contendevano le migliori vendite in libreria e nei media, con la loro foto nelle copertine di riviste dal Giappone alle Galapagos.

Ziani apprezzava ogni minuto di questo momento magico, lo eccitavano le interviste, essere riconosciuto per strada, firmava autografi con il sorriso da bravo ragazzo, non si nascondeva con gli occhiali scuri, anzi si offriva al suo pubblico di lettori. Andavo qualche volta a cena con lui in ristoranti famosi, sicura che ci sarebbe stato la solita calca degli adoratori di personaggi da rotocalchi anche in questi posti con stelle a prezzi proibitivi. Lo vedevo come un bambino il giorno di Natale che scopre i suoi regali, godeva con gli occhi brillanti e un sorriso autentico di pura felicità.

Non faceva un doppio gioco, aveva sempre dichiarato di essere single, essendo più portato sugli uomini, ma che ogni tanto si innamorava di donne, non sapeva ancora da che parte batteva il suo cuore. In ogni caso non si sarebbe mai sposato del tutto, il matrimonio non era fatto per lui, nemmeno una famiglia. Dichiarava anche che ero l'unica persona con la quale riusciva a coabitare per un po' di tempo, ma che, come lui, sembravo allergica alle carte istituzionali.

Mi trovava i fidanzati, poi faceva di tutto per allontanarli, come i figli di primo matrimonio con le matrigne o patrigni, era irrecuperabile, Peter Pan fino a tarda età, immaturo di sicuro, solo che non mi piaceva la parte di madre surrogata, meglio la sorella maggiore che perdona quasi tutto.

Andavo a Londra, da Penny, che abitava in una nuova zona, dalle parti di Kensington, aveva guadagnato una barca di soldi con Deborah, pubblicava dei libri di giovani autori sconosciuti, per poco si sperava, e viveva alla grande. Ne godevamo ripensando al nostro passato non proprio brillante, senza falsa modestia. Ci piaceva il quartiere elegante, senza rumore di notte, pieno di giardini ben tenuti, vicino ai parchi per pedalare in mezzo ad alberi secolari lungo la Serpentine. Ma finiva lì, si praticava l'understatement, un po' per snobismo perché no, un vezzo inglese tipico. I media erano chiamati quando servivano, querelati per delle foto rubate di Marta con i figli o il marito. Nessuno la poteva riconoscere quando faceva la spesa, parrucca, occhiali da miope, jeans scuciti, sempre travestita. Non andava più nei pub che adorava, nei Fast food con i bambini, abitavano ora dalle parti di Windsor, in una proprietà cintata con quattro cani da guardia. Era rimasta la nostra adorabile Deborah, prigioniera di un successo eccessivo. Erano spesso ospiti all'estero delle case editrici, in Toscana da noi, in Provence in Francia, a Barcellona in Spagna e sulla costa atlantica, ecc. Nessuno la conosceva, fotografata raramente, divertivano la famiglia Rees soltanto, vivevano nell'anonimato esclusivamente all'estero. In USA organizzavano dei seminari nelle Università, nessuna si sognava di disturbarla al di fuori delle librerie o nelle Aule Magne. Era rimasta solare, sorridente, prendeva questa esperienza come una fortuna stravagante, non la toccava più di tanto. Scriveva tutti giorni, quattro ore al mattino, si occupava a tempo pieno delle lettere che le arrivavano dal mondo intero con due segretarie. Praticava lo yoga, suo marito si era messo in disponibilità e seguiva le varie organizzazioni benefiche che curavano con generosità. Aveva venduto nel mondo più di 300 milioni di libri, poi ci furono i film, le serie televisive e prodotti derivati come i T-shirt, i tazzoni, ecc. Introiti impressionanti, i Giapponesi andavano matti per le avventure di Jenny, si crearono dei Manga alla sua immagine a migliaia. Ralph passava più tempo con gli avvocati che sua moglie a scrivere un libro.

Eravamo ancora lontano di questa follia con Ziani, ma ci si avvicinava grazie ai mezzi di comunicazione. Si viveva in un'altra dimensione.

Questi personaggi di finzione corrispondevano alla perfezione ai sogni dei paesi occidentali, poca o nessuna violenza, asessuati, senza età, coraggiosi, belli, spavaldi, andavano bene anche per i giovani, adolescenti, anziani, e le anime romantiche. Non era il caso dei paesi arabi e dell'Est dell'Europa. Il blocco totale, niente vendite, né Jenny e meno ancora i libri di Ziani passavano questo limite, ci voleva una svolta diversa, meno pulitina, più ardita, e soprattutto umanizzata, meno omogeneizzata per piacere a tutti.

Venne a trovarci a Milano il presidente di una casa editrice ungherese, il Signor Ladislao Esterasy. Parlava le lingue alla perfezione, il fisico dello slavo, bello, elegante, colto, sembrava finto, solo delle qualità emanavano dalla sua persona. L'editoria dipendeva economicamente da fondi russi che distribuiva e sceglieva quello che si poteva stampare. Non lo diceva nessuno, era un'evidenza. Lo stile dei racconti di Ziani piaceva moltissimo a Esterasy, meno a Mosca. Si cercava di rendere vendibile con successo un personaggio adatto alla cultura specifica di questi mondi diversi. Non si sognava allo stesso modo da queste parti.

Ziani non era entusiasta, solo interessato, me ne parlò schietto, come sempre. Sapeva poco o niente di questi paesi, figuriamoci un eroe stilizzato, da rendere credibile in situazioni inverosimili. Esterasy ci invitò a Parigi, in un albergo place Vendôme, per impressionarci. Fummo coccolati, noi ci divertivamo come pazzi, cosa sarà l'offerta? Era solo questione di denaro, a quanto ci valutavano i Russi? Ma il dubbio rimaneva, cosa si poteva dire? Sarebbe stato libero di fare delle battute, il suo marchio di fabbrica, il suo personaggio si sarebbe chiamato come, Dimitri? Ahmed? O come in italiano Sergio?

Le discussioni erano laboriose, eravamo molto tesi

dai due lati del tavolo. Offrivano una cifra ridicola, ma era per fare una prova, dopo una ricerca di mercato. Presentarlo prima di incominciare, con la tele, i giornali, capire se uno straniero sarebbe stato gradito al pubblico. Era conosciutissimo anche in Australia, tutti paesi che parlavano inglese, che ne sarebbe stato dei lettori in lingua russa, con dei testi italiani tradotti da un ungherese?

Strana idea di volere a tutti costi un autore che piaceva al mondo occidentale? Io non lo capivo, lo trovavo assurdo, non si rideva allo stesso modo a Vladivostock, a Budapest, a Pechino delle stesse battute che a Londra, Parigi, Roma.

Ci fu un ricevimento formale, mi ero vestita di un vintage Emilio Pucci, Ziani un bellissimo Armani. Eravamo stupendi, si ballava e Esterasy non mi mollò dalla serata.

Non racconto il seguito, mi vergogno ancora a pensarci. Il fascino slavo non era una leggenda, ne ho ancora la pelle d'oca.

Ziani rise per anni a raccontare che la sua agente era stata sedotta da uno del KGB.

Non se ne fece niente, era tutto troppo confuso, impossibile mettersi d'accordo su niente, peccato...

Ho rivisto per caso, a un congresso londinese il Signor Esterasy, che chiamavo in testa mia Stan il magnifico. Mi venne incontro con un sorriso da gatto, e passammo una serata movimentata un'altra volta.

I ricordi, trent'anni più tardi, sono rimasti immutati, era il migliore in assoluto.

I best seller, sono rimasti tali per un'altra decina d'anni, poi diventati dei classici che si offrono per i compleanni.

Penny incominciò a farmi tradurre dei gialli, distribuiti ovunque, impossibile non venderli, era un lavoro divertente, ma incontravo di rado, personalmente, gli autori. Ognuno aveva uno stile ben diverso, non era noioso, vivevo di rendita.

Ci incontravamo ogni tanto con Deborah, diventata Dama, lady Rees, continuava a travestirsi per non essere riconosciuta, sempre con il caro Ralph. Le figlie sposate, scriveva tutt'ora, ma aveva salutato per sempre Jenny, da parecchio tempo.

Ziani aveva comprato un appartamento nel mio stabile, in Piazza Buonarroti, tra me e mia sorella. Si era fatto adottare dalla nostra famiglia, cenava da me o da Viola, non aveva più, ormai, dubbi sulle sue tendenze, era gay, single, innamorato tre volte la settimana, perdeva il pelo (quasi calvo) ma non il vizio. Ci volevamo tutti un gran bene.

Sono invecchiata tutto di un colpo, come Viola, lunedì ci sentivamo dei draghi e martedì ci siamo svegliate due vegliarde.

Non importava più granché delle lotte per imporre un romanzo, leggo solo per il piacere della lettura, non più per obbligo.

Dimenticavo, sono sempre single, Gino è tornato in Italia con una moglie americana odiosa, vivono sulla costiera Amalfitana, due piccioni. Saverio continua a girare il mondo, si ricorda di me per le feste, viene a bere il Prosecco per Capodanno, single pure lui, ha scritto un libro di memorie (ti pareva) ne venderà una centinaia di copie, a essere ottimisti, avendo messo due anni buoni a scriverlo, e tre a correggerlo.

Accarezzando il gatto mi addormenterò davanti allo schermo della televisione accesa, sdraiata su un divano cosparso dei peli della micia, scarmigliata, coperta da una vecchissima vestaglia, un giallo ancora in mano, gli occhiali scivolati sul naso.

Non è stata bella la mia vita da solitaria?

Scherzavo, per fortuna non si è limitata alle storie amorose, ma ricca di migliaia di istanti indimenticabili.

La prima volta che i genitori ci portarono alle Cinque Terre a mangiare gli spaghetti all'astice, con mia sorella, in seguito la camminata sui sentieri dell'amore a Vernazza, non c'era nessuno, era un paradiso.

Il fondovalle della val Formazza, la salita dopo la diga, l'arrivo nel prato fiorito di Bettelmatt, un senso di pace e di benessere, mai più sentito in seguito, la bellezza assoluta.

L'arrivo della prima micia tigrata, i suoi sonori ronfamenti quando stava accoccolata in braccio.

La scoperta del cane Briciola, scorribande su e giù per i monti, il cuore leggero, pieno di fiducia affettuosa.

Lo sguardo di mio padre il giorno in cui vide il mio nome stampato sotto quello di Barbara Pym, per l'edizione di Penny.

La mamma che chiedeva il mio parere per la scelta di un libro da offrire, di piatti da cucinare, mi trattava da adulta.

Viola che mi scelse come testimone alle sue nozze...

La vista del Sassolungo arrivando dalla Val Gardena. Questo mi è rimasto, ogni volta è un tonfo al cuore.

La cioccolata fondente, il gelato al gusto caramellato, le ciliegie, le pesche, i meloni.

Potrei andare all'infinito, per il cinema, la musica, ma svelerei troppo.

La politica mi metteva l'ansia, non mi sono mai fidata delle promesse elettorali, di nessun partito. La religione mi piaceva molto da ragazza, con queste storie fantastiche, inverosimili, quella cattolica che mi fu assegnata si dimostrò troppo punitiva e poco adatta alla mia vita da adulta peccaminosa. Risulto, come tutti, perplessa sul senso da dare alla vita, non ho il dono della fede, ognuno si consoli come meglio creda, la filosofia di Montaigne mi conviene perfettamente. Odio il proselitismo, il militantismo esasperato di chi si crede nel giusto e diventa sordo agli altri pareri.

I momenti magici avvengono spesso per caso, con estranei, in viaggio, stampati su un libro, sollevano il morale e permettono di guardare l'umanità con più serenità.

La mia fortuna fu di capire subito di non essere fatta per fondare una famiglia, non era nel mio DNA, lo era invece per mia sorella che si rivelò una madre formidabile e una moglie molto solidale, sembrano felici. La maternità non è indotta, non mi ha mai sfiorata nemmeno, vedo i miei nipoti con piacere, li porto in vacanza con me e li riconsegno contenti. Ho assistito al travaglio di Viola, le tenevo la mano in compagnia di suo marito. Era molto coraggiosa, il primo parto si rivelo faticoso, era esausta, ma era lei a rassicurarci, e quando mia nipote si decise a venire alla luce, mi misi a piangere in coro con loro. Non si può spiegare, è un momento impressionante, anche da spettatore, il mio cuore smise di battere per qualche secondo. Rimasi molto scossa della sorte toccata alle donne di sfidare le leggi così dette naturali, in un modo così doloroso e crudele per entrambi, sia per il nascituro che per la povera madre. Il bambino bello tranquillo nel liquido caldo, al buio, si trova di colpo schiacciato e espulso con una violenza inaudita in una dimensione fredda e sconosciuta che non dimenticherà mai del tutto, la madre, poveretta, sudata, spingerà al limite delle forze e del dolore, pensando di esplodere del tutto, gli occhi fuori della testa.

Che strano modo di dare la vita, deve essere piaciuto al "sistema" che lo usò per la riproduzione anche animale, trovandolo efficace. Mi lascia tuttora perplessa.

Non era la paura di figliare che mi impedì di sposarmi e di mettere su famiglia, ma una incapacità a inserirmi in un circuito chiuso, una sorta di claustrofobia incurabile.

Non penso di essere talmente egocentrica da non reggere un altro essere al mio fianco, ma piuttosto realista, un essere che scegli perché ti piacciono i suoi occhi azzurri, un giorno ti darà la voglia di scappare e di non vederlo mai più. Poi ne arriverà un altro, ecc. come si fa a non sbagliare per una cinquantina di anni, l'istinto ti attira verso un altro essere per delle ragioni misteriose, ormoni impazziti, poi passa e si va incontro al disastro. Si ricomincia tutto all'infinito finché si capisce l'antifona.

Non si sceglie il proprio destino, né lo si deve subire, tentare di fare buon uso di quel che ci è stato attribuito dalla nascita, per lo meno tentare...

Il lavoro mi ha riempito ogni secondo delle giornate, un impegno fatto di discrezione, tradurre un autore senza tradirlo non era semplice, molto accattivante. Mai ripetitivo, ci si incontrava tante personalità di scrittori, come nella vita, spesso interessanti, qualche volta megalomani, intriganti, pesanti, qualcuno meraviglioso, sempre molto interessati a non farsi fraintendere. Non si diventava ricchi, si stava in disparte, nell'ombra, era fatto su misura per la mia indole. Questa è la ragione per considerare la mia vita con serenità, rare sono le persone che vivono per decine di anni, nel silenzio di una stanza senza sentire il bisogno di evadere, come me.

Ricordi

Non si scappa dal passato, anche se molto remoto, prima o poi ti tornano delle strane sensazioni di "déjà vu", ascoltando una frase o guardando un paesaggio che con un "flash" ti riporta a una storia o una persona totalmente scordata fino a questo momento.

Le foreste di pini sono sempre state la mia passione, fitte, nere, con sentieri pieni di sorprese, ci si perde facilmente, ricoprono una parte importante del mio paese di origine, il Jura francese, Haut Doubs. Lo spazio sembra sconfinato, i pascoli nelle radure dove brucano centinaia di mucche, fanno sembrare tutto pacifico, l'orizzonte infinito, incorniciato da migliaia di pini eretti, fieri, solenni, tutti guardiani del territorio. Le fattorie con i tetti spioventi enormi servono per la riserva del fieno invernale, il clima molto rigido ci fa ricordare che se siamo solo a 900 metri, al massimo a 1200 m, si tratta di un altopiano esposto alle intemperie. Le abitazioni occupano lo stretto minimo per le famiglie, la priorità spettando al bestiame, alle stalle e al preziosissimo fieno. Fanno parte del paesaggio, severo, distanziate, sempre in vicinanza del bosco e di distese di prati fioriti per il pascolo. Gli abitanti non amano la promiscuità... questo lo si capisce subito. I villaggi si stendono in lungo, di qua e di là della strada principale, sempre con il solito sfondo di foreste, di casere.

Io vivevo in una cittadina di circa 20.000 abitanti,

con una porta monumentale da dove partiva la strada principale, con i negozi, i bar, due alberghi, finiva all'altezza del ponte dove scorreva il fiume, il Doubs. I sobborghi erano delimitati dopo la porta e dopo il ponte. Io vivevo prima della porta in un appartamento, a due chilometri dal liceo. Non c'erano mezzi pubblici e la neve cadeva da novembre a Pasqua, temprava il carattere, odio la neve e il freddo al solo pensiero, ancora oggi.

Il paesaggio è grandioso pure in inverno, anche se lo preferisco in estate.

Colline ovunque sopra i mille metri, la città è stata costruita in una pianura cintata da foreste sconfinate, le si vedono da qualsiasi parte in fondo alle strade. Le case sono costruite in pietra calcare gialla che si illumina alla luce, spettacolare. La regione è chiamata la Franche Comté, alla frontiera franco-svizzera. In direzione della Svizzera, su due promontori rocciosi sono eretti un castello medievale e di fronte un Forte militare, proseguendo a destra, seguendo il letto del fiume ancora molto giovane, si arriva a un laghetto che rappresenta il nostro gioiello molto amato.

Il carattere della popolazione è come il clima, rigido, diffidente, si viveva, nel passato, con lo spirito del clan, per lo più familiare.

Con il riscaldamento atmosferico, la neve cade di rado, le estati sono afose, la popolazione è diventata multirazziale, la vicinanza della Svizzera ha spinto gran parte della gente a diventare frontalieri, allettati da stipendi duplicati e più. Le foreste si attraversano per andare a lavorare, i vecchi vanno ancora a raccogliere le more, i lamponi, i funghi, sembra che la lince e i lupi siano ricomparsi, ecc.

Come eravamo decine di anni fa, lo sentiamo nelle ossa, gran camminatori, per forza, la scuola incominciava alle 8 fino alle 12, si pranzava e tornavamo per le due fino alle cinque. Fate il conto, 8 chilometri al giorno fino alla fine degli studi, avevamo delle gambe d'acciaio per gli anni futuri. Ne facevamo anche di più nell'adolescenza, con le amiche passeggiavamo su e giù per la strada principale, incapaci di lasciarci per tornare a casa fare i compiti.

Gli studi ci portarono lontano, per conto mio all'estero, non sono più tornata, solo di passaggio.

Di recente rimasi sull'altopiano per qualche mese per sistemare delle faccende famigliari.

Il cuore batteva forte alla vista dei monti del Jura, dell'odore dei sottoboschi, la porta della città stava sempre a delimitare il centro storico dove erano spariti TUTTI i miei riferimenti: ciao i cinema, le librerie dove compravamo anche i primi 45 giri di Elvis, la pasticceria delle delizie, un meraviglioso negozietto di cioccolata pregiata, la boutique di prêt-à-porter di marche famose che bramavamo di farci regalare... un vero crepacuore, che si ripercuoteva con i conoscenti. Il cimitero si rivelò l'unico luogo dove ritrovare il passato. La compagna di banco sorride nel suo vestito bianco della comunione, come tante altre, che saluto, una alla volta, decine di visi ricompaiono dalle tombe, uno strazio.

Andai nel villaggio di provenienza di una parte della mia famiglia. Per i miei primi dieci anni fu il mio paradiso, la casa del bisnonno, al centro, vicino alla casera dove tutti portavano il latte di giornata, a due passi della chiesa. Mi terrorizzavano le galline, che saltellavano nella stalla senza più bestiame da decine di anni, ma dove l'odore pungente di letame stagnava ancora. Il frutteto era ricco di prugne Regina Claudia, succose, zuccherate, verdi, la legnaia piena di resinosi tagliati di fresco, perché si cucinavano sulla stufa delle meravigliose polente al latte e funghi, anche in estate. I muri erano di pietra spessi un metro, le finestre piccole, i soffitti bassi aiutavano a riscaldare le giornate invernali, glaciali anche durante i mesi estivi caldi. Il camino enorme non si usava più, una grossa stufa da cucina, di ghisa nera, andava caricata di continuo e il profumo di cibo e di legna mi piaceva da impazzire, un serbatoio laterale forniva litri di acqua calda da un rubinetto di ottone così lucido che sembrava d'oro.

La stanza del bisnonno era scura, dietro la cucina, ammobiliata da un letto altissimo in noce come l'armadio della biancheria, zeppo di lenzuola di lino ricamate dai vari corredi che si successero durante i secoli, da una nonna all'altra. Il patriarca, sedeva su una poltrona imbottita a schienale maestoso, vicino a una cassaforte imponente nera che non apriva mai in presenza di chicchessia, la finestra alla sua sinistra gli permetteva di sorvegliare i passanti che andavano alla casera.

Era il luogo sacro, ci si entrava solo con il permesso, soprattutto per i bambini. Una stufa monumentale di ceramica occupava un quarto della stanza, il pavimento di legno cerato era diventato nero come il tavolo e le sedie. Dormivamo al piano di sopra con i genitori, loro in una alcova, noi ragazze in due lettini gemelli, di qua e di là della finestra con le persiane interne. Tutti i muri erano foderati di legno, anche il soffitto dove scorribande di topi facevano un baccano notturno pazzesco e ci terrorizzavano. Non succedeva niente di speciale, si viveva sereni, giocavamo con il cane e il gatto, nel fienile immenso, eravamo felici con semplicità.

Distante una trentina di chilometri, sorgeva una cittadina piccola con i muri di cinta medioevale situata in cima a una collina che dominava i dintorni, offrendo una vista panoramica eccezionale. Ci andai e rimasi incantata, era immutata, con i tigli secolari, le case restaurate con gusto, enfatizzando il colore ocra delle pietre. Non stonava niente, le costruzioni recenti furono edificate fuori delle fortificazioni. Il castello, in rovina, aggiungeva un tocco di romanticismo, mi sentivo su un altro pianeta, era ancora meglio ora, che nei miei ricordi da bambina.

Il laghetto era il sogno delle famiglie, desiderosi di costruire uno chalet tra la foresta di pini neri e le acque azzurre, godendo di un panorama eccezionale. Per noi rimase in un cassetto, non si realizzò. Con la bicicletta pedalavo per ore per godermi lo spettacolo della luce riflessa sulla superficie dell'acqua, soprattutto prima di un temporale, sembrava un fiordo, era sublime.

Ero una bambina solitaria ma socievole, figlia unica passavo da una cugina all'altra, all'amica del cuore del momento, mai un secondo di noia, grazie alla bicicletta, più tardi, esploravo i dintorni. Mi è rimasto il ricordo indelebile degli odori, della luce, la memoria fa le bizze, si scordano i nomi, le parole, mai le sensazioni di piacere intenso alla vista di nuvole cariche di pioggia, di un gatto addormentato, illuminato da un raggio di sole.

Le cose, i paesi, le lingue, le case hanno contato immensamente nella mia vita, non più delle persone, alla pari. Lo specchio della nonna, il suono di un accento pronunciato da un estraneo, un modo di esprimersi di mia madre o di mio padre, la sedia del bisnonno che aveva il suo odore, la tazza della colazione sempre usata da mia nonna, il suo vestito, non li dimenticherò mai, ma ho scordato il nome della mia vicina di casa, frequentata per anni. Certe cose si possono dire solo in francese, altre in italiano, in inglese, si possono sognare delle poesie di Goethe, Schiller, Heine, ascoltare delle voci che rimarranno in eterno registrate in un angolo del cervello.

Le storie personali devono rimanerle, si possono reinterpretare, giocare con le metafore. La finzione è la libertà di manipolare quel che si crede di avere capito, all'infinito, può diventare un gioco, soprattutto con gli amori, soggetto eterno.

2. Frivola

Amarcord

Una vita di leggerezza

Silvia nacquein primavera, all'inizio di maggio, il sole splendeva, sua madre la mise al mondo di mattina alle nove, dopo un travaglio breve, graditissima, preceduta da due maschi di dodici e tredici anni.

Fu adorata a prima vista da tutti, così bellina, sorridente, non piangeva quasi mai, un musetto adorabile incorniciato da capelli biondi con boccoli da cherubino.

La vita le piaceva parecchio, mangiava di gusto, dormiva come un ghiro, un sorriso divertito perenne sulle labbra. Nessuno riusciva a credere a una tale fortuna, i fratelli Massimo e Marco sghignazzavano, loro avevano accaparrato pure l'ossigeno di casa con urla, corse varie che facevano impazzirei genitori, soprattutto il padre.

La nonna temeva che si svegliasse di colpo in una piccola diavolessa, invece la bambina guardava intorno, incuriosita di tutto, sembrava registrare le novità che le si offrivano ovunque andasse. Imparò presto a camminare, la libertà le apriva nuove possibilità di scoperte meravigliose.

Marco era diventato il suo servo, Massimo raccontava delle storie fantastiche, lette sugli giornaletti, che abbelliva per fare contenta la sorellina beata. Erano i suoi principi, li adorava.

Inizialmente i genitori di Silvia temevano una forma di stupidità latente, non era possibile non arrabbiarsi mai, strepitare, invece niente capricci, trovava la vita appassionante e basta. Andò a scuola e fu immediatamente la cocca di tutti, anche delle ragazzine, non picchiava, mandava baci, giocava ridendo, imparò in fretta sia a leggere che a scrivere. Si scoprì che odiava il chiasso, la folla, si chiudeva come un riccio, però tranquilla in un angolo, aspettava che passasse. Questa saggezza era sospetta in una bambina così piccola, poi ci si fece l'abitudine, Silvia era una mosca bianca. La sua mamma temeva che fosse senza difese, ma si sbagliava, con i suoi modi calmi sembrava immunizzata contro i cattivi intenzionati.

Antonia, la mamma di Silvia confidava a Marco, il maggiore, la sua paura che la bambina fosse sprovvista di malizia e gli chiedeva cosa ne pensasse.

- Marco: È una natura bizzarra, mi sembra che si sia creato un mondo ideale, non vede quello che non le interessa, penso che sia indifferente a tante cose, elimina i problemi. La sua difesa e di cancellare all'istante quello che per lei stona.
- Antonia, la madre: Non pensi che nasconda una forma di deficienza mentale? perché è sempre stata cosi, sorridente, facile, non era normale. Tu e tuo fratello ci avete fatto passare degli anni da incubo, siete due miracolati,

sempre a combinare guai, scavezzacolli, urlavate, abbonati al pronto soccorso per incidenti di ogni genere. Silvia è fatta di granito, a parte la rosolia beccata all'asilo, mai un raffreddore... mi fa paura, c'è qualcosa che non quadra...

- Marco: Non sei mai contenta, finalmente una bambina di tutto riposo dopo di noi, dovresti saltare di gioia. Ma c'è del vero, è una bimba strana, bellissima pure, hai fatto un capolavoro...

- Antonia: Non prendermi in giro, tua zia la trova un po' scema, ho pianto tutto il giorno quando me l'ha detto, lo pensavo anch'io, e tuo padre pure, lo stesso giorno, sai i cattolici , beati i semplici di spirito perché di essi è il regno dei cieli, mi si stringeva lo stomaco.

- Marco: Ma dai! sapeva leggere, scrivere e contare a cinque anni, suona il piano a sei anni, non è sgrammatica come me e Max, e, ti ripeto, è veramente molto bella, alla gente piace anche per questo, non solo per i modi garbati. Io non sono né bello né brutto, non mi si nota, Max è bellissimo e ne approfitta per rompere le balle a tutti.

- Antonia: Tu sei più delicato e sensibile, hai degli occhi stupendi, sei intelligente e permaloso, non buttarti giù...

- Marco: Il secondo è venuto meglio, ma mai come la terza, il tuo capolavoro, perché non ne fai un quarto, chissà che roba verrebbe fuori, o un orrore o Einstein con un fisico da urlo...

Cresceva, Silvia, con la grazia di una splendida ragazzina, passava da una classe all'altra con facilità, sua madre la mandò in una scuola di ballo classico, poi di nuoto sincronizzato. Eccelleva dappertutto, aveva un portamento invidiabile, un corpo armonioso ed un viso perfetto. L'adolescenza non la turbò, mai un brufolo per deturpare la sua pelle di pesca. Non aveva molte amiche, solo quella del cuore, Marta, una piccolina, compagna dall'asilo alle superiori. Nessuna delle due parlava molto, si capivano, leggevano le poesie di Verlaine in francese, tutti romanzi inglesi da Jane Austen a quelli moderni. Si interessavano anche ai maschi, e per la prima volta Marta piaceva molto di più della splendida Silvia. La sua classe la isolava, nonostante la simpatia che ispirava, poi conobbe il primo amore platonico con un amico di Marco. Si tenevano per mano, lui baciava le sue dita, mai un gesto sconveniente. La portava a passeggiare lungo il fiume, si sedevano sulle panche per parlare delle ultime letture, senza mai andare oltre a un bacetto sul collo.

Marta raccontò la sua prima volta con il suo innamorato del momento, facendo ridere a crepapelle Silvia. Erano al corrente che i bambini non crescevano sotto i cavoli, Marco aveva spiegato molto bene a sua sorella come andava avanti la riproduzione della specie degli umani, e del piacere che procurava l'operazione stessa. Sapevano pure che la pillola era una sicurezza da non prendere alla leggera, come l'uso dei profilatici. Questa parte non le piaceva per niente, troppa protezione e poca enfasi, sorrideva pensando sul da farsi col suo spasimante. Ne parlarono senza omettere un solo dettaglio con Marta, dove comprare i profilatici da nascondere con le penne nell'astuccio in cartella, per la pillola se ne sarebbe parlato con la madre un'altra volta.

Il giovanotto si chiamava Giulio, andarono a passeggio lungo il fiume e si sedettero sulla solita panca, era il momento dell'imbrunire, non passava più nessuno. Si strofinò contro il ragazzo, aveva tolto la biancheria intima in precedenza e fu finita in un batter d'occhio, mani inesperte andavano su e giù all'impazzata, furiosi e ansimanti si fermarono increduli. Giulio baciava senza respirare e la schiacciava contro di sé, le faceva male, la seconda ripresa fu più calma ma la notte fonda si rivelava freddissima. Non parlarono una sola volta, stretti non riuscivano a decidersi di tornare a casa.

Non ci fu il rapporto dettagliato a Marta, e non la vide più per un po' di tempo. Ormai Silvia incontrava Giulio e basta.

Stava aiutando sua madre a sparecchiare e le disse sorridendo:

- Silvia: Sai, ho appena scoperto una faccenda favolosa con Giulio, non sono più vergine. Mi piace tanto, non fare questa faccia scura, è una cosa incredibile, non ti preoccupare, usiamo i preservativi, perché piangi? io sono felicissima, non sono innamorata di questo ragazzo, ci facciamo un sacco di piacere un l'altro, mica fidanzati...
- Antonia, affranta, lo strofinaccio in grembo, la guarda allibita: Ti rendi conto di quello che mi hai detto? Sono tua madre, mi spari che con Giulio fate all'amore, che ti dà molta soddisfazione e che usate i preservativi. Domani ti porto dal ginecologo, ti spiegherà meglio di me cosa significa il sesso, e dell'uso necessario della pillola nel tuo caso. Non ci metti nemmeno un po' di senti-

menti...

- Silvia: Ma dai, ho solo sedici anni, mi sono innamorata di tanti ragazzi a suon di bacetti, almeno con Giulio, siamo sinceri, solo un'amicizia di lungo corso, sono stata io a decidere, lui non osava, e non sapevamo come fare, a essere onesti. Abbiamo imparato in fretta e ti ripeto, non c'è niente di male e ci piace da pazzi, perché farne un dramma?

- Antonia: Ma perché nella vita le cose non vanno sempre secondo il nostro volere, non per la morale soltanto, ma per lo sviluppo fisico che determinerà quello intellettuale, sei ancora piccola, capirai, in tempo voluto, come funzionano i sentimenti e il sesso. Non solo il meccanismo dell'orgasmo, che praticate con Giulio.

Comunque ti ringrazio di avere avuto fiducia in me, ma ammetto che sono sconvolta della tua disinvoltura.

La prese in braccio e si mise a piangere dicendole, non sei ancora un'adulta, solo un accenno, e non più una bimba, la mia piccola.

Quello che turbava Antonia era la mancanza totale d'imbarazzo da parte di sua figlia. Non vedeva il male da nessuna parte, seguiva solo il suo istinto, la natura era stata generosa con lei, sana, bella, intelligente, ottimista, e godereccia.

Sembrava, a prima vista, una scervellata, poi si rivelava per quello che la costituiva, un amante folle della vita. Per lei il bicchiere era sempre pieno a metà, dopo la pioggia veniva il sole, i sentimenti scorrevano tranquilli, aveva un carattere forte e non si lasciava mettere la briglia sul collo da nessuno. Imparò a cucinare, adorava mangiare bene, a bere seguendo corsi di sommelier, adorava girare le cantine piemontesi. Decise dopo la maturità di andare come apprendista cuoca da un grande maestro dei fornelli, voleva comprendere l'alchimia dei sapori, poi da un mago della pasticceria. Per dodici anni fece il giro del mondo delle cucine stellate, poi aprì un locale su una collina poco distante da Firenze. Suo padre, ex impiegato di banca, gestiva le finanze, sua madre la decorazione e l'accoglienza dei clienti. I fratelli Marco e Massimiliano, laureati in economia, si specializzarono nelle migliori cantine italiane, essendo consulenti di etichette famose. Era diventato un affare di famiglia, il capo incontestato del gruppo essendo Silvia. Intorno a sé, nelle cucine, aveva i migliori di ogni settore, reclutati dopo il suo giro del mondo.

Non gridava mai, sembrava sempre serena e sicura di sé, non si lavora per lei, ma per piacerle. Non solo lavorava notte e giorno, ma cantava, scherzava, abbracciava tutti con affetto sincero.

Dopo una pubblicità straordinaria fatta da un famoso personaggio che ne era innamorato, il passaparola rese la locanda un'esclusività da non mancare se non si voleva passare per un poveraccio ignorante.

Silvia sapeva comandare con garbo, aveva il dono di spiegarsi in poche parole, sbagliava di rado, i clienti adoravano questa strana cucina che usava i migliori gusti regionali di vari paesi, presentati all'anziana con vasellame e argenteria pregiati, cristalli impalpabili veneziani. Nulla era lasciato all'improvvisazione-

Silvia amava i tessuti di seta, i piatti raffinati, un vino del colore dell'ambra in un bicchiere soffiato a mano.

Nel intimo sapeva che la sua unica vita sarebbe stata una gioia degli occhi, dell'olfatto, del gusto, del tocco, dell'orecchio e di quello che procuravano uomini disposti a giocare con le sue carte.

Non aveva mai dimenticato Giulio, aveva immediatamente capito che la vita aveva molto da offrire, se si sapevano valutare i rischi e i vantaggi. Riconosceva la fortuna di essere stata educata in una famiglia molto solida e affettuosa.

Sapeva di essere sensoriale, amava toccare gli oggetti, la gente, odiava gli odori forti anche dei fiori, mangiava e beveva con attenzione, riconoscendo i sapori, le origini, vestiva solo tessuti naturali, cotone, seta, lana, su misura, non doveva sentirseli addosso. Sceglieva i suoi amanti con un fisico snello, pelosi, da accarezzare con cura e decisi nell'arte dell'erotismo.

Invecchiava con serenità, non temeva la morte, sapeva di non avere sprecato il tempo impartito. Sembrava una svaporata, ancorata con delle radici profonde però.

Perse i suoi genitori, fu addolorata, ma non pietrificata, non ebbe figli, non capì perché, non si sposò, nessuno glielo aveva mai chiesto, conoscendola.

Sapeva valutarsi, nascondeva bene le fessure della sua indole, ne aveva parecchie.

Il suo viso cosi regolare, gli occhi nocciola, una massa di capelli ricci tra il biondo e il rosso, la pelle madreperlata, non poteva lamentarsi, era nata fortunata. Piaceva a tutti, alle donne per la sua semplicità autentica, agli uomini perché non se la tirava, era anche molto sexy, senza esserne consapevole.

Non realizzò mai niente che non le piacesse, il segreto della sua riuscita. Con i fratelli e le cognate non ci fu mai uno screzio serio, bisticciavano ogni tanto per il lavoro, nessuno sapeva niente della vita privata di Silvia, sembrava che non ne avesse.

Viveva i suoi momenti privati lontano, durante delle settimane rosicchiate sul lavoro. Affittava delle case in mezzo a boschi, in paesi non frequentati da turisti, ritrovava l'uomo del momento, non uscivano, cucinava per lui, lo covava, poi si lasciavano e se ne tornavano ognuno in casa propria.

Andava spesso in città per un giro di shopping, vedere le novità, guardare la gente, seduta sola alla terrazza di un bar. Scrutava il modo di camminare, di vestirsi, di parlare dei passanti, imparava come pulsava la vita cittadina.

Non aveva più molto tempo per leggere, ma spegneva la luce, alla sera, un libro in mano.

Il momento magico della sua giornata rimaneva, da sempre, il mattino, con la prima colazione e il giornale. Beveva una tazza di cioccolata calda nelle quale inzuppava una fetta di brioche imburrata, poi un frutto di stagione, il tutto con calma, era l'unica mezz'ora di perfetto relax. La giornata scorreva in cucina, alle quattro incominciavano le telefonate, alle sei la cucina era di nuovo in ebollizione, alle undici Silvia cenava con uno dei cuochi, a turno. Si coricava all'una, un po' di lettura e crollava dal sonno.

Aveva scelto ogni istante, l'aveva sognato e realizzato, non rimpiangeva niente, la sua vita le piaceva così, ringraziando il fatto di godere di una salute eccellente e di molto buon senso.

3. Ficcanaso emerita

Amarcord

Dopo anni di noia, ogni anno più intollerabile, mi sono detta, vecchietta mia, questa vita non ti mollerà così presto, fattene una ragione, sei in uno stato di conservazione relativamente accettabile, datti una mossa, basta con la televisione, trovati un'occupazione.

Ho rimuginato una notte intera, l'avrei quasi trovato il nuovo passatempo: spiare i condomini.

Vivo al pianterreno di uno stabile signorile del secolo scorso, da quando sono nata, novantadue anni fa, la casa era stata edificata subito dopo la prima guerra. Ci sono quattro piani sopra di me, ogni pianerottolo comprende due ampi appartamenti di circa 160 m2 ciascuno, la metà occupato da vecchi come me, ci conosciamo anche troppo bene, il resto, comprato di recente da nuovi arrivati dopo la morte dei proprietari precedenti.

Questo noioso preambolo per situarmi.

In breve, mi chiamo Edvige, figlia del dottor Alfredo Berti e della sua giovane moglie Elvira. I nonni paterni avevano costruito questo stabile per investimento e per alloggiare i loro figli, tutti a portata di mano, erano quattro maschi e quattro femmine. Il nonno

Berti aveva fatto tanti soldi producendo del materiale ferroviario nella sua fabbrica.

Mio padre non voleva diventare ingegnere come i suoi fratelli, scelse medicina per passione, poi chirurgia interna che praticò fino alla sua morte prematura, due anni dopo la mia nascita. Mia madre risposò mio zio, direttore generale della ditta Berti e fratelli. Abitavamo al secondo piano, c'era una bellissima terrazza, di fronte stava nonna Berti, vedova da anni, curata dalla zia Ella. Mia madre morì pure lei giovane, lo zio risposò una sua segretaria e mi allevò la zia Ella. All'epoca non sapevo di essere ricca, non frequentavo nessuno all'infuori della nostra famiglia fino a quando si scoprì che studiavo con facilità e il precettore consigliò mia zia di mandarmi al liceo. La guerra la passammo nella villa sul lago Maggiore, e presi la maturità a ventisei anni. Nel frattempo mi sono innamorata di un bellissimo amico di mio cugino. Ci siamo sposati, lui se ne andò in Argentina, come parecchi nostri conoscenti, e io rimasi con la zia Ella. Mi scriveva delle lettere infuocate, senza mai dirmi di raggiungerlo. Ho ottenuto l'annullamento di questo sciagurato matrimonio, e decisi di mai più riprovarci. Eravamo rimaste due zitelle, la nonna se n'era andata a tarda età. Mi iscrissi all'università, facoltà di lettere classiche, parlavo tedesco, francese e inglese grazie alle signorine di lingua madre che si seguirono per una quindicina d'anni. Scoprii la vita vera, il greco, il latino insegnato da meravigliosi professori, la filosofia e la mia passione per la filologia. Non credete che fossi brutta, al contrario, molto procace, un viso grazioso, una bocca generosa, cioè troppo grande, piacevo agli uomini e loro a me. Non mi sono negata niente, aspettavo la legge per divorziare e liberarmi di quel cognome, non per ricascare in questa buffonata.

Sono andata alla Sorbonne per un dottorato, quello che chiamano in Francia l'agregation. Ci sono rimasta dieci anni, maitre de conférence, mi sono divertita pure, non la solita secchiona, tutta libri e studi. Ho incontrato parecchi giovanotti, ma non mi sono mai innamorata. Una fiammatina ogni tanto, niente di serio. Sono tornata in Italia per aiutare zia Ella, reduce da un'operazione di cancro al seno.

Decisi di fare della ricerca filologica e di non insegnare più. La politica mi dava fastidio, bugie perpetuate da seguaci inferociti, le bande armate, le brigate rosse, un pugno nello stomaco per una quasi cartesiana.

In compenso in questo periodo poco glorioso e quel petardo bagnato del sessantotto, ci fu una proliferazione di talenti musicali e cinematografici che rimpiango ancora. Non mi sono mai drogata, a parte qualche spinello, in compenso non ho mai smesso di fumare, ancora oggi il mio pacchetto del giorno non manca mai. Lo so che fa male, penso di avere dei polmoni di acciaio, alla mia età, che ridere...

Nel corso degli anni sono morti i miei zii, i loro figli si sono dispersi, esiste ancora la fabbrica Berti diretta da Matteo, mio coetaneo, sposato senza figli. Solo mia cugina Claudia vive ancora nello stabile, la mia dirimpettaia, vedova senza discendenza come me. Non andiamo d'accordo, ma ci diamo una mano se necessario.

La mia famiglia con tanti cugini si è trasferita in Toscana da decine di anni, hanno costruito nuovi stabilimenti, nuove strutture per diversificare la produzione meccanica delle origini. Hanno venduto i loro appartamenti a caro prezzo, la nostra zona essendo tuttora molto ricercata, in poco tempo, siamo rimaste solo noi due con Claudia. Non ci vengono neppure più a trovare, siamo ancora socie Berti, gli avvocati e commercialisti ci mandano i dividendi, è già qualcosa.

Non vivo nel passato, ma nemmeno nel futuro, dopo i novant'anni, carpe diem sembra già un progettarsi...

Per sfortuna sono lucida di mente, un'arma a doppio taglio, per gli altri e per me stessa, dico quello che penso, non ho più voglia di risparmiare le sensibilità altrui, non avendo più amici, tutti spariti da tempo. Non sono un mostro ma mi sento una nuova facoltà di valutazione del prossimo, una specie di etnologia di ricerca del vicinato casalingo. Fino a questi ultimi giorni, mi lasciava indifferente la sorte dei nuovi abitanti del palazzo, poi mi prese un attacco viscerale di antipatia per il giovanotto e sua moglie, recentissimi proprietari del grande appartamento del primo piano, abitato alle origini dai miei nonni Berti fino alla loro morte. Non so spiegarmi il perché di questa avversione epidermica, una faccia da schiaffi, lui, supponente, lei un'oca giuliva che rialza il suo metro ottanta di presunzione con tacchi stratosferici. Non ho più mollato la presa, giorni di ascolto, di spiate dietro alle finestre.

Non ho precisato, a pianterreno, tra i due appartamenti, vive la portinaia, nipote della precedente, che fu la mia baby sitter quando la governante usciva per conto suo.Una quarantina di metri quadrati con bagno e servizi, di recente ristrutturazione. In precedenza la poveretta usava il bagno dello stabile vicino alla porta del giardino. Questa ragazza si sta laureando in giurisprudenza, single, risparmia sull'affitto, si chiama Samanta, poveraccia. Non si occupa delle pulizie come sua nonna, solo guardiola e la posta. Ma non come la bravissima Teresa, fa i fatti suoi e non spettegola, peccato. Mi aiuta spesso col computer, mi accompagna al supermercato, e ceniamo ogni tanto assieme. Mi piace molto questa ragazza, intelligente e garbata, molto carina pure. Credo che frequenti un compagno di studi, è riservata e non ne parla mai.

Devo ingegnarmi a farle delle domande innocenti, indirette, ma è molto tosta, non si lascia mai fuggire niente d'interessante, a parte delle banalità.

So che lui è direttore generale di una ditta di prodotti elettromeccanici, in una ditta piccola della periferia milanese. Parte presto e torna tardi, sempre imbronciato. Lei è giornalista in una rivista femminile che leggo da anni, si occupa di moda. L'avrei quasi indovinato da sola visto il suo modo di vestire. Viaggia spesso per le sfilate francesi, romane e fiorentine, scrive poco, soprattutto le didascalie che illustrano le ultime tendenze. Non ricevono mai nessuno ma escono di continuo.

Un colpo di fortuna mi ha aperto le porte della loro casa. Stavo tornando quando Samanta doveva consegnare un pacco voluminoso proprio da loro. Le ho dato una mano, era leggero ma ingombrante, aveva le chiavi e siamo entrate nel corridoio, ma si vedeva dalle porte aperte, il salotto che sembrava immenso, con un divano impressionante, dei tappeti persiani sul parquet lucido, di legno chiaro, la cucina spoglia, senza tavolo, piena di ripiani e mensole, faceva pensare a un laboratorio di analisi. Sbirciavo con discrezione, Samanta poggiò il pacco nell'ingresso e siamo scese a casa nostra, in tutto non più di cinque minuti, salita compresa.

Si chiamano lui Luigi Colombo, lei Lella Bettinelli.- Sono milanesi, benestanti, coetanei, nella seconda parte della trentina circa. L'ingegnere guida una BMW grigia, lei una vettura elettrica microscopica, non hanno figli né animali, dei genitori che vengono ogni tanto alla domenica, molto per bene, salutano e lasciano la Mercedes sul marciapiede davanti alle mie finestre.

Non so perché lui mi è così antipatico, non mi ha fatto niente, saluta e ogni tanto sorride pure, non mi piace il suo fisico, ecco il perché.Non è alto né piccolo, ha già i capelli cortissimi brizzolati, parla in molto brusco alla moglie, sembra sempre arrabbiato col mondo intero.Non cammina mai a fianco della poveretta ma due metri avanti, lei corricchia dietro, come può, sui tacchi folli che portano tutte le donne in questo momento. La signora Lella non è male, non una bellezza però, veste ovviamente le grandi firme, Gucci al braccio, porta i capelli lunghi tinti di biondo, è alta una testa in più del consorte, magra con un grosso sedere che nasconde con arte. Ho la sensazione strana che lui la picchi, non so perché. Vivo sotto di loro, hanno cambiato praticamente tutto dopo l'acquisto dell'appartamento, non fu un restauro ma una ristrutturazione anche nella disposizione degli spazi. Il marmo è sparito come la graniglia veneziana, hanno ricoperto i pavimenti di un parquet in legno chiaro ovunque, bagni compresi. Sento da casa mia quando la ragazza peruviana passa la scopa elettrica, i suoi passi pesanti, e la sera quando rincasano, i tacchi di lei e il modo di toglierli nello spogliatoio sopra il mio salotto, lui cammina un bel po' con le scarpe in lungo e largo prima di liberarsene. La camera da letto loro corrisponde alla mia cucina, e sento pure le voci. Rimbomba tutto, anche un libro che cade, li ho avvertiti che provvedano al più presto a questo insopportabile sopruso, o che mettano dei tappeti.

Non ho capito perché dovevano venire in una casa vecchia per farne una moderna, mi è stato spiegato che il nostro indirizzo era più elegante, più prestigioso.

Mi sono fatta amica dalla ragazza delle pulizie, si chiama Rita, ha quarant'anni, quattro figli rimasti con il marito invalido, le offro il caffè. Mi pulisce la casa una volta alla settimana, e non smette mai di parlare, per me una manna.

Scopro che l'ingegnere avrebbe un'amante, versione Rita, essendo Tutti i maschi dei maiali. Lo ha scoperto una volta che la padrona di casa era assente per un viaggio, avevano usato il bagno in modo disgustoso e il letto era un campo di battaglia con le lenzuola... mi avete capito.

Quel brutto anatroccolo, chi l'avrebbe detto, sembrava abituato a ripetere le sue prodezze ogni volta che le Signora Lella se ne andava per le sfilate. Rita pensava che non avevano figli perché lui non toccava più la moglie da tempo.Il mio intuito non mi ingannava, la picchia eccome, e dopo si sentono i gemiti non proprio di terrore, li sentivo dalla cucina, non era vero che non si interessava più a sua moglie, a modo suo, la masochista aveva trovato il sadico, una coppia bene assortita dunque.

Ho seguito, alla televisione, una trasmissione che mostrava quattro centenari abbastanza presentabili, ovviamente tre donne e un solo maschio, decrepiti fisicamente ma indipendenti, una guidava pure la macchina per andare in piscina a nuotare. Il corpo era rimpicciolito ma non lo spirito. Il geriatra, nutrizionista e psicologo spiegavano che solo il 40% era dovuto alla genetica, il resto al modo di nutrirsi, di non fumare, di fare del movimento e soprattutto di coltivare una passione, di non isolarsi e rimuginare il passato glorioso.

Ecco, adesso mi appassiono per gli altri, con fervore, mi diverto tanto, lo so che sembro più una pettegola che una sociologa. L'essere umano si scopre soprattutto come si nutre e con il sesso. Nemmeno il lavoro è così rivelatore dell'indole di una persona. Sono molto intuitiva di natura, e di solito non mi sbaglio.

Mi sono attaccata ai condomini del secondo piano.A destra dell'ascensore, una donna separata con due adolescenti di una ventina di anni. Una verde sfegatata, militante femminista, animalista con due cani bassotti quasi di razza, ricuperati al canile. In lotta economica con un ex marito, purtroppo avvocato divorzista. È diventata feroce con i maschi in generali, i figli studiano tutti e due lontano all'estero e si fanno sempre più rari da queste parti. Mi è simpatica, si chiama Luisa Perego, viene spesso a trovarmi e a sfogare la rabbia che si porta appresso. È diventata amica di altri proprietari di cani con i quali va a spasso dalla mattina presto alla notte fonda.Ha più o meno una quarantina di anni, molto carina, al naturale, non si trucca e porta vestiti comodi, sempre guardinga nelle relazioni con i maschi.

Di fronte a lei vivono i Signori Mazzurkeviz, lui pianista alla Scala, lei ex cantante lirica, insegnante al conservatorio. Sono molto tranquilli, fanno i fatti loro, tutta musica e artrosi per la Signora Petrovicha, che è diventata un'artista delle lamentele a catena. Farebbe pena, era stata una famosa mezzo soprano, bella, fascinosa, ammirata in tutto il mondo della lirica, purtroppo diventata a sessant'anni una campionessa di autocompiacimento, schiavizzando un marito succube della ex bellissima che lo fece innamorare decine di anni prima. Il bicchiere della Signora è irrimediabilmente sempre metà vuoto da parecchio tempo. Odiano il baccano che fanno i cani che abbaiano, frenetici, al momento di uscire con la padrona, quattro volte al giorno. Per ripicca suonano i dischi a pieno volume o il piano, fino alle dieci di sera. Si fanno la guerra dei suoni, disturbando pure gli affittuari del terzo piano che si lamentano della mancanza di educazione di questo palazzo.

Questi ultimi li ho scelti personalmente, sono proprietaria di questo piano, per me il più bello, per la vista e le terrazze.

Mia cugina Claudia ci viveva, non ne poteva più dei su e giù, poi dopo la morte degli zii, ne fui l'erede e decisi anche io di accontentarmi del piano rialzato, perché sotto di noi ci sono degli uffici, io lo chiamo pianterreno, ma non è così basso dopotutto. È molto più comodo per uscire, ci sono pochi gradini, la vista non è male con un piccolo giardinetto di fiori di stagione che contorna la proprietà e il parco dietro, cintato di muretti e siepi di bosso.

Due architetti mi chiesero di affittare sia lo spazio sotto che l'ultimo, adoravano le terrazze, ti credo, anch'io a suo tempo. Non volevo vendere, lo lascerò in eredità alla figlia di un cugino che vive a Firenze, la ragazza è la mia figlioccia, la mia preferita che mi viene a trovare spesso. Claudia, perfida, sghignazza, trattandola di furbetta.

Gli architetti sono cinquantenni, hanno una squadra di ragazzi neo laureati che fanno la coda per lavorare con loro, firmano di tutto, dalle forchette a ristrutturazioni di palazzi antichi, uno è urbanista, l'altro iniziò con una torre celebre. Vengono a bere un aperitivo per spettegolare un po', sono simpatici, tutti e due divorziati, hanno seminato figli con diverse ragazze e ci divertiamo rifacendo il mondo. Si chiamano Ugo e Vittorio, conoscono tutto e tutti, un senso della derisione molto simile al mio, ci piaciamo. Non sopportano più il chiasso dei dischi e fanno apposta anche loro di camminare con le scarpe, avanti e indietro per scocciare al massimo.

A parte i due sadomaso del primo, mi sono ricreduta, non c'è granché materiale sul quale indagare, una lagna e un marito vittima di una strega, una divorziata imbestialita, Claudia rimane l'unica con un minimo di originalità, però è un libro aperto, so tutto o quasi di lei. Si chiama Berti anche lei, sua madre era un'attrice di teatro, bella come il sole, fece strage di cuori prima di sposare mio zio che la mise incinta per tenersela bene. I nonni non la sopportavano, trattandola da poco di buono, poi sparì in America, lasciando sua bambina al marito, cioè ai miei nonni e alla zia Ella. La povera zia non sposata, ricuperava i bambini sparsi dai suoi fratelli, con una gentilezza che ancora oggi non capisco da dove le venisse. Il resto della nostra famiglia era famoso per la riuscita in affari, ma non certamente per la generosità. Ci si sposava se possibile per interesse o se no, obbligati da nascituri capitati per caso, più o meno...

Claudia era di natura solare, studiava malvolentieri, si innamorò di un giocatore di tennis professionista, bello, biondo, abbronzato, fu mandata in un collegio di sole ragazze, in Svizzera. Tornò incinta piangendo dalla zia Ella, gliel'aveva regalato un istruttore di sci, biondo, abbronzato, occhi azzurri, un maschio alfa. Non sapeva, diceva lei, che si facevano i bambini giocando col sesso. Accompagnata dalla zia abortì in una clinica a Ginevra, da loro si poteva, in Italia sarebbe arrivato più tardi.

La sposarono a diciassette anni con il figlio di un conoscente che aveva i requisiti della fanciulla, biondo, abbronzato, occhi chiari, ma, piccolo dettaglio, figlio del produttore della ditta di liquori più famosa dello stivale. Ci fu una cerimonia grandiosa, ripresa dai rotocalchi mondani dell'epoca. Erano la fotocopia l'uno dell'altro, lui, Giorgio, ventidue anni all'anagrafe, la maturità di un dodicenne viziato, simpatico, ridacchiano, incosciente e bellissimo, però anche intelligente, ottenendo la maturità a diciassette anni, appena laureato in economia e commercio e assistente alla direzione della ditta di famiglia,

Si può essere intelligenti negli studi, negli affari, e non capire niente della vita reale, specialmente delle donne. Partirono a fare una crociera nei Caraibi, tornarono esultanti, innamoratissimi. Dopo due anni, niente figli, Claudia era sterile, non si capiva se la conseguenza dell'aborto o solo la sfortuna. Piangeva, facevano sesso mattina e sera, niente, tornò a Ginevra da un famoso ginecologo che aveva aiutato una diva a mettere al mondo due bellissimi gemelli. Era solo sterile e basta. Giorgio non ne faceva una tragedia, gli piaceva questa ragazza che si rivelava una tigre fantasiosa nelle lenzuola. Ma Giulia era sicura di non essere lei la causa di questa infertilità. Aveva ragione, Giorgio scoprì di non potere fare figli. Claudia era al settimo cielo, adorava Giorgio a pieno ritmo, e gli chiese se per caso avrebbe accettato che chiedessero aiuto a un conoscente di-

sposto a dare un contributo concreto all'impresa ripro-
duttiva. Claudia riprese contatto con il maestro di sci
svizzero, somigliava un po' a Giorgio, lo sedusse senza
difficoltà in una settimana di maltempo, avevano molto tempo per ritrovarsi. Lui era persuaso del suo fascino, lei non disse il perché della sua insaziabile frenesia
amatoriale. Fece le analisi, era incinta, ma a Giorgio
non garbava più, per niente, il modo in cui sua moglie
se l'era procurato, il loro eventuale erede, le ordinò di
abortire o lui avrebbe chiesto il divorzio per adulterio.
Claudia era disperata e se ne tornò dalla zia Ella per
chiedere un'altra volta di accompagnarla in Svizzera.

Divorziarono tre anni più tardi, Giorgio era innamorato della moglie di un suo cugino, madre di quattro
figli che l'adoravano, vedova del giovane marito, dece-
duto in un incidente stradale un anno prima. Ormai
c'era il divorzio, ma i tempi erano lunghi, lui se ne andò
a vivere con la giovane e i suoi ragazzi, Claudia rimase
nella casa. Fedele ai suoi gusti, un nuovo biondino divenne il suo vero primo amore. Era dentista, suo dentista, più anziano di dodici anni, alto, sportivo, single per
scelta, sciupafemmine finché strappò il dente del giudizio di Claudia, anche lei, la guancia sgonfiata sentì il
cuore impazzire. Non le era mai successo di sudare freddo dall'emozione, non solo per desiderio. Ognuno a casa
propria, ma alla passione non si resisteva, viveva come
lo aveva sognato, libera con un uomo che non era ai

suoi piedi, ma sul quale sapeva di poter contare. Una rarità. Il dentista aveva un figlio di tre anni avuto da una relazione precedente, e precisò chiaro che per conto suo bastava così. Ormai era arrivata la pillola, era pazza di quest'uomo, non avrebbe mai avuto figli, pazienza, bisognava sapersi accontentare di quello che la vita ti offre, le andava bene così.

Sono stati quindici anni di paradiso seguiti da un purgatorio infernale, dovuti a un ictus che paralizzò la metà del corpo del dentista per sei anni, e finì con un suicidio.

Claudia se ne tornò a casa per curare anche lei la zia Ella. Era irriconoscibile, paziente, attenta agli altri, benevola in una casa di persone anziane, poi di colpo si risvegliò la sua natura di fondo, amava troppo gli uomini.

Questa volta si buttò in una storia poco cerebrale con un giovane medico della casa di cura. La vista di questi poveretti, anziani, spesso soli, disperati, spaventati, le diede una voglia frenetica di vivere. Era già una donna vecchia, sessantadue anni appena compiuti, il medico, trentasei a malapena. Lui la riaccompagnò una sera a casa, nella sua macchina, la baciò per bene e fecero il resto, lei con il freno a mano e il cambio in posti impensati. Lo invitò a casa e si fermò per la notte. Si sono voluti bene, molto bene e quando lei festeggiò i settant'anni, lo congedò gentilmente, doveva finire in bellezza, lui lo capiva, non si sono più rivisti.

Claudia riprese contatto con me e decise di occupare il piccolo appartamento del piano rialzato, mi decisi pure io a mettere su casa di fronte a lei.

Non siamo mai state intime, i nostri caratteri sono agli antipodi, nessun interesse in comune, nemmeno con il cibo, io sono vegetariana, un po' di pesce ogni tanto, lei carnivora mattina e sera.

Abbiamo festeggiato il novantesimo compleanno assieme, lei che beve, mangia pure malissimo, sta meglio di me, non si fa mancare l'aragosta che manda giù con il prosecco, io con il tofu e il tè bancha giapponese mi sento pesante, non c'è giustizia, sogno un panino con salame e un bicchiere di Valpolicella, di un tiramisù grasso di panna...

Dimenticavo l'ultimo piano, da una parte abita una strana vedova, senza parentela né figli, insegna lo yoga a piccoli gruppi di donne, tutti i pomeriggi. Sfilano vecchiette artritiche, che fanno fatica a camminare, eppure si buttano sui tappetini per migliorare l'elasticità degli arti diventati rigidi e soprattutto fragili. Imparano a meditare, vorrei sapere cosa rimuginano, gli occhi chiusi, da vecchi non si svuota così facilmente il cervello, ma sembrano felici quando escono, può darsi che abbiano trovato un nuovo elisir di tono psicofisico, i passi sono più sicuri e i sorrisi su tutte le labbra.

Non sono tentata e nemmeno Claudia, chi si rialza più da terra...

Di fronte vive un gentiluomo, il Signore Alberto di Belacque, mai sposato, una governante trentenne all'intendenza e Rita per le pulizie.

Ex bell'uomo, ormai ottantenne che non considera come un crepuscolo ma una maturità piena di meravigliose sorprese. Lo ripete spesso, sapendo di non essere creduto. Fu un divo dello schermo per qualche anno, né bravo né cane, fece parlare di sé per la sua eleganza e le sue prodezze amorose con una principessa molto irrequieta. La giovane era la beniamina dei giornali pettegoli, figlia di un re in esilio congedato dopo che il suo popolo gli preferì la repubblica. I fratelli erano sposati in tutta l'Europa monarchica, l'ultima rampolla si rivelò attirata dal grande schermo, soprattutto dagli attori maschili prestanti. Alberto corrispondeva alla perfezione, gli piaceva vedere il suo nome sulla carta stampata, la ragazza non era male, un po' troppo viziata e agitata, ma molto spregiudicata in privato. Erano giovani, belli, giravano il mondo, invitati da sarti, parrucchieri, artisti di teatro, si lasciavano fotografare ridendo. Alberto non poteva lasciarla sola e smise di lavorare, lei non possedeva niente, solo un'eredità della nonna, ricevevano una quantità di regali prestigiosi che lui rivendeva. Erano ospiti fissi di Palace che li pagavano per farsi fotografare in terrazza, ovunque sulle riviere Ligure, Toscane, Amalfitane, Capri. Erano coccolati, si ballava, ci si divertiva con i divi del momento, lo erano diventati anche loro, in copia.

Ovviamente, in principio, il tempo non contava, ma la principessa era esigente, abituata a soddisfare qualsiasi desiderio, il denaro? Un valore astratto. Lei fuggì con un regista che le promise una parte in un film in costume, Alberto fu sollevato, non ne poteva più, pieno di debiti e da solo, non interessava nessuno. Faceva dei piccoli cammei per sopravvivere. Un editore gli offrì di scrivere la sua avventura che rifiutò sdegnato, come le interviste che lo descrivevano un povero Cenerentolo.

Divenne il maggiordomo di un ricchissimo uomo di affari fino alla morte di quest'ultimo che lo fece erede universale.

Ormai non aveva più problemi economici, era solo, gli piacevano sempre le donne e non smise mai di corteggiarle. Si inventò un nome, nessuno si ricordava del suo passato. Viveva in estate lontano del caldo, in compagnia di belle ragazze, l'inverno in città e così acquistò la sua casa del terzo piano con la splendida intendente che si prende cura di lui.

È una persona civilissima, cortese, parla con gusto e si esprime come il personaggio del suo cinema personale. Non saprò mai cosa pensa, dove sia nato, le sue origini, se l'è inventato da tanto tempo che ha finito per crederci pure lui alla sua versione. Mi fa pensare all'uomo in frac di Modugno, però la canzone è tragica, il Signor Alberto è troppo orgoglioso e narcisista per finire male.

Mi fa tenerezza con la sua mitomania, tutta relativa, la principessa avendo lasciato un segno indelebile.

Non si sa niente da decenni sul conto di questa nobildonna, sparita dagli rotocalchi.

4. Mirta

Amarcord

Mirta è nata fortunata, una quantità di fate le regalarono una famiglia affezionata, una salute di ferro, un fisico grazioso, un viso particolare molto delicato e una chioma fiammeggiante che la rendeva visibile ovunque andasse. I suoi genitori erano una coppia di avvocati, non più giovanissimi, la consideravano un regalo del destino, colmandola di attenzioni, senza scherzare sull'educazione, l'apprendimento, un valore supremo che volevano inculcare alla bambina.

Era socievole, sicura di sé, la scolarità non pesava, adorava le sue compagne, le insegnanti, l'infanzia scorreva tranquilla, altrettanto bene l'adolescenza, poi successe l'imprevedibile, gli avvocati morirono nel crash dell'aereo che precipitò in mare tra le isole di Ponza e Ustica, in Sicilia, nel 1980, facendo 81 vittime

Mina rimase pietrificata, assente per mesi, la nonna materna divenne la sua tutrice, e la giovane di quindici anni andò a viverci assieme lontano dalla sua casa e dalla scuola. Ci fu, un anno dopo, una cerimonia in memoria delle vittime in presenza delle autorità.

Erano tante le famiglie in lutto, anche molto arrabbiate per non capire la ragione dell'incidente.

Un giovanotto alto e biondo fece un breve discorso per ricordare suo padre, fondatore di una famosa casa editrice, che commosse rutti. Mina gli andò incontro per abbracciarlo, sembrava cosi sconvolto, goffo, senza una lacrima, ma così rigido nel suo dolore, le assomigliava parecchio, incapace di accettare quello che non sembrava una fatalità. La guardava interdetto, le chiese chi fosse, lei le rispose: "una come te, voglio sapere il perché".

Mesi più tardi ricevette una telefonata, era Werner Herzog, l'ultimogenito dell'editore, voleva incontrarla, invitandola a pranzo, chiedendo il permesso alla nonna.

Due anni dopo era ancora troppo doloroso evocare con un estraneo il periodo più buio della sua giovane esistenza. La nonna lo invitò un pomeriggio, sembrava avere delle notizie da comunicare.

Herzog era un nome conosciuto in tutto il mondo dei libri, la quarta generazione, iniziata all'epoca dell'Impero Austro Ungarico, Werner, ventiseienne, dirigeva, alla morte del padre, la parte italiana, Achim trentacinquenne, quella francese, sua sorella Tessa, trentadue, la più importante a Londra, Hans il capo famiglia quarantenne, dopo l'incidente, aveva aperto una libreria a New York editando soprattutto libri di viaggio, romanzi di giovani autori internazionali in lingua inglese.

La nonna sapeva ogni cosa su tutti i personaggi famosi, gli Herzog erano considerati un Impero economico, il defunto si rivelava defilato, non mondano, la figlia aveva sposato un principe inglese a Londra e frequentava la corte, era molto alta e magra, sorrideva su tutte le foto dei rotocalchi, ma aveva la fama di essere una dura in affari, Achim non si sposava, viveva alla grande, e sapeva fare fruttificare la sua ditta francese, essendo bravo in comunicazione. Werner, il più giovane, studiava ancora alla Sorbonne letteratura classica, odiava ogni minuto passato in ufficio a fare i conti con i bilanci, voleva insegnare, non dirigere questa macchina da guerra che rappresentava la ditta Herzog.

La nonna sapeva ricevere come si deve, il giovane Werner non si dava arie, ma sembrava molto timido, fu accolto con simpatia dalle due donne.

Il ragazzo arrossiva di continuo come Mirta, la nonna li trovava cosi carini, le facevano tenerezza.

Raccontava che avevano mosso cielo e terra per capire come un areo poteva esplodere in questo modo, tutto risultava un segreto militare, impossibile da eludere, voleva avere notizie di loro due, ecc.

Mirta lo trovava bizzarro, così biondo, con denti da lupo, un sorriso sfavillante, degli occhi blu che fissavano, poi questo fatto di arrossire, una contraddizione costante. Si chiedeva la ragione di questa visita. Faceva mille domande, dove studiava, cosa voleva fare, se le sarebbe piaciuto vedere come funzionava una casa editrice e perché no, fare la saggista per qualche tempo. Aveva scoperto che parlava il tedesco, il francese e l'italiano, avevano bisogno di personale qualificato anche giovane.

La nonna precisò che sua nipote passava la maturità a malapena, sarebbe andata all'università in seguito e che non aveva bisogno di guadagnarsi la vita né ora né in seguito. Cosa gli saltava in mente di fare una proposta del genere? si sentiva mortificata. Il povero Werner era rosso carminio, e Mirta capì subito che voleva solo rivederla e si era impappinato in storie ridicole.

Qualche giorno più tardi, Werner passava "per caso" all'uscita del liceo di Mirta che, sorridendo gli propose di accompagnarla fino alla sala dove praticava lo yoga, attraversando il parco. Le prese la mano e le diede il suo primo bacio all'ombra di un enorme sicomoro esotico.

Giornale di Mirta, Maggio 1997

Chi l'avrebbe mai immaginato che un imbranato come Werner Herzog mi tampinasse in questo modo. Ho fatto finta di credere al caso, che passasse proprio a quell'ora di uscita del liceo... Abbiamo camminato parecchio attraversando i giardini pubblici, mi teneva per mano, poi ci siamo appoggiati a un albero contro il quale mi ha abbracciato, ho scoperto che non era novizio, nessun errore, preciso nel suo desiderio di baciarmi per bene, senza esagerare con le mani, un furbo beneducato.

Non sono un'esperta, ma ho molto baciato dall'età di 13 anni, alle feste di compleanno, con dei ragazzi della mia generazione. Non sono mai andati oltre qualche mano alla ricerca di femminilità, però potrei baciare per ore, e questa volta si trattava di in adulto di 27 anni, un vecchio. Era divino, delicato, chiudevo gli occhi, mi sentivo crescere delle ali, mi accarezzò il collo, poi si fermò di colpo, e sorridendo mi accompagnò davanti alla porta dell'insegnante di yoga, un'altra carezza leggera sul collo e mi disse: a presto. Chi se ne fregava dello yoga, mi sentivo su, molto su, una sensazione nuova stravolgente.

Ci siamo ritrovati tutti i giorni davanti al liceo per un mese, baci a non finire, poi mi chiese se ci stavo di venire a casa sua per la privacy. Ero pronta, anche io a fare quel che si fa alla nostra età, con i sensi in ebollizione.

Non è il caso di entrare nei dettagli, so di essere passata dell'altra parte dello specchio, per sempre. Non mi pento, sono fortunata, Werner si è rivelato un amante delizioso, non vedo l'ora di tornare da lui. Credo che ne parlerò con la nonna, ho bisogno di consigli pratici, sono troppo ignorante, vorrei anche io essere al suo livello, so di essere troppo irruente.

Il giorno dopo

La nonna mi ha parlato per ore, andrò dal ginecologo dopodomani con lei. È formidabile questa donna, non giudica, ma è molto cauta per via dell'AIDS. Non sappiamo niente di Werner, ha ragione, ha capito che siamo nella fase di sesso frenetico, soprattutto io, lui sembra molto infatuato di me, io non lo so, mi piace quello che mi fa, non smetterei mai, chi l'avrebbe mai sospettato...

Giugno

La maturità è alle porte, Werner viene a casa tutti giorni per farmi studiare. È bravissimo, sa come prendermi, sono debole solo in matematica, ha detto alla nonna che dovrò iscrivermi in lettere classiche all'università, mi aiuterà. Mi porta spesso nel suo ufficio, ci sono manoscritti a centinaia, gli ho chiesto di prestarmene qualcuno, è un lavoro meraviglioso, ne ho tradotto uno di lingua inglese che mi piaceva parecchio, scritto da una donna che mi sembrava di conoscere da sempre.

Piano piano, leggo tre ore al giorno, seleziono quello che sembra di qualche interesse, scrivo il mio parere, e ci accorgiamo con Werner di avere gli stessi gusti. Sembriamo una coppia di coniugi, sempre assieme, però dormo dalla nonna con la quale faccio la prima colazione prima di andare al liceo.

Luglio

Ci siamo, sono matura, nonna ci ha invitati con Werner in un super ristorante, partiremo fra poco in montagna in Val di Fassa. Sono triste di lasciare il mio innamorato, ma anche lui passa un dottorato in Francia, non ha tempo di fare altro che studiare e occuparsi della casa editrice, con l'aiuto di suo zio che ha interrotto un periodo di riposo dovuto all'età. È un uomo di settantasette anni, in gamba, dirigeva una ditta di legnami in Austria, vedovo con sei figli che si occupano delle segherie e fabbriche da quando quest'ultimo ebbe un infarto e fu curato per mesi. Suo nipote gli chiese aiuto, dopo essersi reso conto di non essere in grado di succedere a suo padre per la gestione del personale e dell'amministrazione. In questa famiglia ci si fida poco degli estranei nella Herzog Company.

Agosto

Siamo a Pozza da due settimane, la nonna cammina sui sentieri, io arrampico con Guido, la mia guida. Il nostro terreno di gioco preferito è il Sella, mi sento bene fisicamente, ma non riesco a non pensare a mia mamma, a mio padre che mi portava con sé, nelle sue Dolomiti. Per anni abbiamo percorso con Guido, il Vajolet, le ferrate, ero molto fiera della mia facilità a scalare, non soffrivo le vertigini, al contrario mi esaltavano, mi piaceva lo sforzo fisico. È un po' come il sesso, una sensazione unica, meravigliosa, con Guido non si parla, non ce n'è bisogno, basta uno sguardo. Mi vuole bene, mi ha stretto forte per ricordare mio padre in cima alle Torri dove quest'ultimo aveva firmato il libro di vetta. Passo la vita a ripercorrere i miei 15 anni in compagnia di persone eccezionali.

Abbiamo capito che l'esplosione dell'aereo non era dovuto a dei problemi meccanici, ma una calamità internazionale che bruciava appena la si toccava. Non verrà mai alla luce, troppo delicato da rivangare, sono dunque morte queste 81 persone per la fatalità di trovarsi al posto sbagliato il giorno sbagliato? Diciamo di sì, purtroppo.

Mi sono iscritta all'università, lettere classiche, so che lavorerò in mezzo ai libri, la mia unica vocazione, sarò traduttrice pure, incontrerò gli autori, scoprirò i veri talenti, se possibile con Werner. Ho capito che sono pazzamente innamorata di quest'uomo, ma non credo che lo sposerò, solo compagni di vita, non desidero una vita in famiglia con dei figli, saremo liberi, lavoreremo per aiutare i talenti a venire fuori, a farli evolvere e regalare il piacere della lettura a modo nostro.

So di essere troppo giovane per decidere chi pubblicare e chi no, ma possiedo molto intuito e psicologia, si chiama pure fiuto.

Settembre

Werner è ormai un Dottore in filosofia, è tornato da Parigi esultante, ero abbronzata, dorata dalle camminate, mi esibiva nuda davanti a lui, lo stuzzicavo per farlo morire. Mi chiese di sposarlo davanti alla nonna. Ho dovuto spiegare a tutti due che non era il caso, che ero sua compagna per la vita, senza catene ridicole, formale, non volevo nemmeno convivere, ognuno a casa sua, con la propria famiglia, gli amici personali.

Mi guardavano sbigottiti, il nuovo secolo è alle porte, io amo Werner alla follia, che problema c'è, il matrimonio rimane una buffonata, per conto mio.

Vivevano in pieno boom economico, con una dominante americana. Si lasciavano alle spalle la ricostruzione dei paesi belligeranti, delle fabbriche automobilistiche, metalmeccaniche, il desiderio di vivere come nei film, di possedere il comfort, il regno della plastica colorata. La DC aveva la maggioranza in parlamento, l'opposizione in mano ai comunisti. La cultura era esclusivamente di sinistra, anche a scuola, la si scriveva con la K maiuscola. I lavoratori, con la potenza dei sindacati, lavoravano meno, andavano in vacanza, possedevano la macchina a rate, come la casa e gli elettrodomestici, anni di debiti agevolati dalle banche che facilitavano il consumo con dei prestiti a basso tasso di interesse.

Le brigate rosse uccidevano, lotta continua era sostenuta dalle sinistre, l'estrema destra piazzava bombe, non era la guerra civile ma quella di una gioventù violenta che con il pretesto del militantismo sfogava la sua violenza non canalizzata, manipolati, alimentata da politicanti tossici. Nasceva anche la sinistra borghese, era di bon ton votare o sostenere i rivoluzionari assassini, dando, in certi casi, non solo un aiuto economico ma man forte, facendo saltare tralicci a rischio di lasciarci la pelle e diventare eroici per gli anni a venire.

Erano nati, in mezzo alla confusione esistenziale, i figli dei fiori, la droga, fate l'amore, non la guerra, l'AIDS che uccise non solo i gay, si rideva, si fumava, si moriva.

Mirta non apparteneva a nessuna corrente, come Werner, i romanzi erano inglesi, pochi americani, qualche francese, italiano, poi arrivò il colpo grosso con un prof di filosofia che fu pubblicato grazie a Mirta che lo aveva conosciuto all'università. Era un enorme manoscritto di una storia gotica che trattava di religione intollerante al riso, al divertimento all'ironia, alla satira, scritto con uno stile impeccabile. Mirta incontrava spesso Mauro Pagni, lo presentò a Werner Herzog che aveva adorato il manoscritto che trovava un po' troppo erudito per diventare popolare. Ebbe un successo planetario, il prof Pagni fece un giro promozionale nelle capitali europee accompagnato dall'editore o da Mirta e i suoi collaboratori. Venne invitato nelle Università straniere per dei colloqui filosofici, teologici, stava diventando il Maestro del pensiero del fine secolo.

Era caduto il muro di Berlino e divenne di moda andare a visitare questa città, Mirta fece incontrare il professore Pagni con il Rettore dell'università, c'erano tutti i personaggi politici riuniti nell'aula Magna, i media coprivano l'evento e fu un successo che non aveva precedenti.

Mirta tradusse il romanzo in francese, mise due anni di duro lavoro e di incontri con Pagni che si rivelava molto pignolo, ogni vocabolo pesato, ripensato, era uno stilista raramente appagato. Andavano spesso a cena assieme, tardi, estenuati dopo le ore passate a correggere pochissime pagine. Mirta lo ammirava ma era stanca, aveva bisogno di svuotarsi il cervello, Werner scopriva una nuova sfaccettatura della sua compagna, stacanovista grammaticale. Era dimagrita, emaciata, bellissima ma eterea, Werner era molto ricercato per avere pubblicato il famoso romanzo, era diventato lo scapolo dei rotocalchi alla ricerca di storie scabrose da pubblicare per dare al pubblico un nuovo personaggio meno severo del professore.

Era il romanzo più venduto al mondo dopo la Bibbia, la casa editrice Herzog Italia divenne famosa pure come il suo giovane proprietario. Mirta non compariva mai, la traduttrice, nell'ombra.

Werner se ne rese conto subito, ma Mirta rideva felice, loro due sapevano la verità, meglio così, aveva più possibilità di muoversi come le pareva con gli autori che non vedevano l'ora di essere pubblicati da loro.

Mirta accompagnò il Professore nelle grandi Università americane, per tre mesi, da Est a Ovest, Nord e Sud. Un'esperienza incredibile, un pubblico di docenti e studenti preparati, un calore ammirativo, era meraviglioso ma faticosissimo. Mirta si presentava sempre impeccabile in tailleur sobri, i cappelli freschi di piega, scarpe a tacchi bassi, un rossetto che illuminava il sorriso perenne. Il professore la trovava adorabile, troppo sofisticata, lui la preferiva al naturale nel suo ufficio, scarmigliata, senza trucco. Invidiava Werner, capiva che questa coppia era molto solida, la ragazza aveva gli occhi brillanti quando guardava il suo compagno e lui lo stesso. Non si lasciavano mai andare in effusioni affettive davanti a nessuno, nemmeno in famiglia, la nonna li trovava carini ma così poco espansivi. Si sfogavano in privato, quando erano sicuri di essere da soli. Werner era il più scatenato, lei senza freni inibitori, ridevano, si toccavano, il sesso per loro era vitale, non si tradivano per ovvie ragioni. Mirta era davvero molto graziosa, inconsapevole di piacere sia ai maschi che alle femmine. Lei non vedeva che Werner, nessuno poteva competere con lui, come amico, confidente, in ufficio, come amante, sapeva pure cucinare, era bello, adorava guardarlo di nascosto, lo disegnava in pensiero, i suoi occhi cambiavano colore quando la amava, questi mesi promozionali la privavano del suo contatto, del suo odore, si telefonavano decine di volte al giorno, non vedeva l'ora di tornare da lui. Non era gelosa, conosceva bene il potere di attrazione che li univa, lui e lei, si assomigliavano parecchio. Tanti uomini tentavano di sedurla, soprattutto gli scrittori, non giocava mai a queste schermaglie, ci rideva sopra, non aveva mai conosciuto un altro uomo come Werner, aveva in testa il pensiero che con la morte i suoi genitori l'avevano lasciata in mano del bell'Herzog, in cambio della loro presenza protettiva. Tutti e due, in quella cerimonia di commemorazione, riuniti in lacrime, ma innamorati al primo sguardo. Questa furia sessuale di comunicare tutti giorni, mai stufi, sempre più consapevoli di appartenersi, il bisogno di verifica che le colmava di felicità. Achim, il fratello di Werner, gli somiglia molto, stesso sguardo, colore dei cappelli, la statura, anche lui aveva tentato di avvicinarla, senza successo. Era sicura che erano destinati a unirsi, loro due.

Il successo non fu passeggero, sempre grazie a Mirta che scoprì una scrittrice imprevedibile. Una donna ultra settantenne, al suo primo manoscritto consegnato a mano in portineria al momento in cui entrava la ragazza che lo prese ringraziandola. Si sorrideranno salutandosi con la mano. Lo lesse subito, fino a notte fonda.

Chiamò Werner e passarono la notte a rileggere il testo battuto a macchina. Perfetto, 260 pagine di prosa senza errore, pulitissimo e una breve nota biografica incollata al retro. Una finzione pura, in un paese immaginario, una figlia e suo padre, soli, una sola giornata di questi personaggi impalpabili, meravigliosi, prigionieri isolati durante la guerra, quando qualcuno bussò alla porta.

Werner chiamò il mattino successivo la signora per incontrarla, se possibile presto.

Giornale di Mirta

Clara Esterasi, la nostra fata poetica.

La invitammo al ristorante vicino a casa sua, era come la sua scrittura, fantastica. Molto alta, elegante ma non vistosa, un viso molto segnato, portava degli occhiali cerchiati oro, niente gioielli, due occhi chiari molto vivaci e un sorriso aperto leggermente ironico. Non aveva borsetta, che strano, la guardavo incuriosita. Un'ex bellissima donna. Tutto in lei lasciava trapelare un passato particolare. Lo era davvero, nata nel 42, i suoi genitori furono arrestati in Francia e morirono poco dopo a Birkenau, sua madre aveva affidata la bambina un mese prima a un'amica sposata a un cugino. Vivevano in un villaggio al confine con la Svizzera. Nessuna mise mai in dubbio che fosse la figlia della giovane coppia. La sposina si ammalò e morì di tubercolosi nel 54, la ragazzina si prese cura della casa, era già molto alta e sviluppata, andava a scuola nel villaggio vicino, bravissima nello studio. Non capì mai come divenne, piano piano, la moglie di sostituzione. Era avvenuto con semplicità, non la disturbava nemmeno, voleva bene a questo finto padre, dormivano assieme, la adorava, lei pure. Era il loro segreto. Quando divenne maggiorenne, dopo ricerche all'anagrafe, ritrovò la sua identità e sposò il vedovo, aveva ventitré anni più di lei. Non era mai stata una Lolita, né Alberto un bruto, al momento del matrimonio lo sposo aveva 45 anni. Era gelosissimo della bellissima Clara che si era diplomata e lavorava come infermiera nel reparto maternità. Una sua paziente, moglie di un regista di cinema la segnalò al suo consorte che, quando la vide, le propose di fare un provino a Parigi.

Era conscia di essere molto attraente, le piaceva il suo lavoro, il caro Alberto, però una carriera di attrice del cinema era il sogno di tante ragazze carine o meno, ne parlò a casa e partirono nella capitale a fare il provino, il marito al seguito.

Era non solo bella ma pure fotogenica, con un carattere forte e adattabile. La si fece posare nelle riviste, indossare vestiti di Dior, era affabile, ma sapeva mettere le distanze al minimo gesto troppo affettuoso. Alberto divenne il suo agente, factotum, sempre più innamorato con la gelosia che gli toglieva il sonno. Sapeva che Clara non era sensuale, eseguiva quel che si doveva fare, senza imbarazzo né entusiasmo, rideva durante gli abbracci. Non dava molto importanza alla cosa e non capiva che se ne parlasse tanto.

Adorava la moda, più del cinema, sfilava per i nuovi creatori, i suoi gusti si rivelavano molto raffinati, abbandonò il cinema senza ripianti per diventare assistente del più rinomato nome dell'Alta Moda degli anni cinquanta. Si mise a studiare da privatista per ottenere la maturità e iscriversi alla facoltà di lettere moderne.

Alberto era diplomato contabile, la sua creatura si stava allontanando un po' alla volta, guadagnava tanti soldi, non cercava mai di spenderli, la scopriva ambiziosa. Clara odiava sentirsi ignorante, solo una bella donna decorativa, voleva conoscere il vero piacere dell'istruzione, si laureò con lode. Ormai, grazie alla moda, incontrò la moglie di un accademico, scrittore famoso, ex ministro della cultura, anziano e abbagliato dalla ragazza così smaniosa di diventare una scrittrice. La presentarono nella loro cerchia molto ristretta, era la più giovane, la più elegante e la meno arrogante. Ascoltava con modestia, imparava un nuovo linguaggio, non solo di parole. Un famoso scrittore, titolare del premio Nobel, altissimo, ex bell'uomo, s'insinuò nella sua vita. Divenne la sua amante, con discrezione erano sposati tutti e due, lui con una protagonista della vita mondana culturale, fotografata da anni sui rotocalchi, Alberto stava invecchiando sempre più avvilito, il suo ruolo di Pigmalione gli era sfuggito di mano da parecchio tempo.

Per la prima volta Clara scopriva di essere innamorata e di sentire molto piacere nell'intimità del suo amante, focoso ma ormai in fine carriera, dopo un passato movimentato. Era rimasta una tecnica impeccabile che non poteva tenere le sue promesse a lungo. Lei imparò a farlo sentirsi un fenomeno, si divertivano parecchio negli alberghi della capitale francese. Clara spendeva, era felice per la prima volta, veramente felice.

Alberto si ammalo di cancro, lei lo curo amorevolmente, lo accompagnò fino alla morte.

Adorava la libertà di non dovere più render conto della sua vita, ormai non aveva bisogno di incontrare il Nobel in alberghi discreti, lo riceveva in casa. Desiderava delle prestazioni precise, carezze infinite, il resto non importava molto, era esattamente quel che poteva eseguire il vecchio gentiluomo.

Si ritrovò vedova per la seconda volte quando l'accademico si addormentò per sempre nella prestigiosa istituzione.

Il libro non era una biografia, ci mancherebbe altro, ma un periodo in cui una bambina perde l'infanzia per diventare una pseudo adulta, questo passaggio breve che cambia tutto. Il mito del volere capire come va il mondo, di essere da sola a fabbricarsi un destino.

Viveva da sola in un appartamento splendido, guadagnato da lei, decorato da lei, si sentiva appagata, e precisò di non giudicare male Alberto, non l'ha mai violentata, certamente troppo idealizzata, lei non si era mai sentita sporcata, al contrario.

Werner era perplesso, io pure, sembrava sincera. Ma era pubblicabile il suo racconto fantastico di un adulto che impazzisce per una bambina di dodici anni, consenziente?

Lui aveva trentacinque anni e lei dodici...

Scrive molto bene, noi lo abbiamo letto senza risentire un minimo di morbosità malsana, o la voglia di scioccare.

Lo abbiamo fatto leggere a Achim, che disse, state attenti, e una mitomane, lo stesso con Tessa, Hans lo definì un capolavoro di rimozione incestuosa.

Lo abbiamo pubblicato, il passaparola fu immediato, non siamo mai andati in giro a pubblicizzarlo, però è nata una quantità di dibattiti nei media, senza fine.

Non so ancora se abbiamo fatto bene a pubblicarlo. Dal punto di vista economico se ne sono venduti finora più ancora del libro di Mauro Pagni.

I fratelli Herzog si incontravano due volte all'anno per discutere bilanci e nuove strategie, spesso in Inghilterra da Tessa, da soli. Una settimana per ritrovarsi. Non erano mai accompagnati, Tessa aveva due figlie e un maschio, Hans divorziato, due femmine dalla prima moglie, e dal secondo matrimonio tre maschi, solo Werner e Achim risultavano scapoli senza figli.

Le librerie e il lavoro di editori erano diventati una mastodontica holding che richiedeva una costante attenzione, la concorrenza feroce si accaparrava un mercato che stava cambiando, il personale doveva essere non solo qualificato, ma poliglotta, laureato, psicologo, gli amministratori pronti a investire su un eventuale vincitore premiato, ma restii a finanziare le nuove avanguardie, i figli Herzog sapevano farsi assecondare, dovevano pensare al futuro. Tessa era spiccia e consigliò a Werner di sposarsi al più presto, di fare anche lui almeno due figli e ad Achim di piantarla con la vita da beone a Parigi e di darsi una mossa, era il meglio situato e il meno produttivo, una vergogna.

Mirta era la nemica giurata di Tessa, troppo carina, troppo protettiva, troppo innamorata di Werner, la considerava una nullità con una cattiva influenza su suo fratello. Non si capiva perché non voleva mettere al mondo dei bambini, quella sciagurata. Lo disse chiaro davanti a tutti, trovati una VERA moglie, che si occupi della casa, dei bambini e lasci stare il mondo dei libri, manda via quella ficcanaso.

Werner non si lasciava mettere i piedi in testa dalla contessa, sua sorella. Ma anche lui, da qualche tempo soffriva di non essere riuscito a formare una famiglia con la sua devota compagna, della mancanza dei figli. Mirta, dopo analisi vari, risultò sterile per ragione sconosciute, lui, dopo altrettante verifiche, andava bene per un uomo di quarantacinque anni in forma fisica eccellente.

Erano vent'anni che si frequentavano senza avere mai coabitato. Da una decina di anni giocava a scacchi ad alto livello, da candidato maestro era passato a maestro e girava il mondo da un torneo all'altro. Si allenava nel suo circolo, pranzava con Mirta, facevano la siesta assieme, poi ognuno per conto proprio. Non si incontravano spesso negli uffici, lei si occupava dei nuovi autori, traduceva dall'inglese, tedesco e francese, incontrava i suoi amici, tutti scrittori, era amica della moglie di Mauro Pagni, si frequentavano di sera per cenare nelle trattorie intorno a casa loro. Qualche volta Werner passava la notte a casa sua, ma preferiva che fosse lei a venire da lui. In compenso viaggiavano assieme due volte all'anno per le montagne del mondo, arrampicavano ovunque, secondo le difficoltà o la forma fisica. Si ritrovavano sempre più innamorati in mezzo alle cime della Patagonia, del Nepal, delle Alpi e delle Dolomiti, quelle valli che non deludevano mai. Più passava il tempo e più Mirta adorava il suo compagno di vita. Era sempre convinta che fossero nati per fondersi uno con l'altro, ineluttabile. Werner era più pragmatico, essere adorato da una ragazza così carina, poco invadente, che assecondava così bene le sue direttive sensuali, cosa chiedere di più. Sarebbe stato perfetto con tre bambini.

Mirta viveva come aveva sempre desiderato, non le sembrava una mancanza questa sterilità, anzi poteva lavorare e amare a volontà da vent'anni, un sogno.

Non vide arrivare il colpo, una sera dopo cena, a casa di Werner. Le annunciò che stava per sposare una ragazza tedesca, venticinquenne, incontrata dopo un campionato di scacchi in Germania, grande maestra, bella come il sole, incinta di tre mesi, chiamata Elfriede.

Non sarebbe cambiato niente per il lavoro, era desolato ma la ruota aveva girato da questa nuova parte. Le aveva chiesto se sarebbe rimasta sua amica per il futuro, erano stati così felici assieme.

Era suonata, KO, no non sarebbe mai stata la sua amica, una ex amante di trentacinque anni mollata perché sterile non può diventare una cara amica, era matto. Non piangeva, ma non riusciva più a respirare, fuggì a casa sua e si mise a urlare.

Prese l'aereo il giorno dopo con Mauro Pagni che doveva presenziare un congresso in Canada.

Si sentiva assente dal mondo, Mauro era accompagnato da sua moglie Nadja. Non sapevano niente, Mirta parlava solo di lavoro, preparavano i vari discorsi, il tema degli incontri, poi di colpo fissò Nadja e svenne. Ci fu un gran via vai nei corridoi, un medico, la hostess.

Fu ricoverata a lungo, poi, come sempre, il tempo se non fece un miracolo, per lo meno continuò a scorrere, era un successo.

Giornale di Mirta

Sono passati tre anni di vuoto assoluto, di non esistenza, seguito da una parentesi di riflessione, poi di rabbia incontrollabile. Achim era l'unico Herzog che incontravo e mi presento a Sean Grosman, un produttore di serie televisive di successo. Cercava uno scenarista e se possibile dialoghista, magari anche poliglotta per le traduzioni in francese, italiano, tedesco. Ridevo quando mi annunciava le pretese, peccato che non parlasse pure il cinese. Non scherzava, Achim era un suo amico da anni e non vedeva niente di grottesco alle sue richieste.

Ero molto cambiata, non solo nel fisico, magrissima, avevo sofferto di alopecia, perso i capelli, stavano a malapena a ricrescere, di anoressia, una spilungona pelata, gli occhi cerchiati non di trucco ma di mancanza di sonno, aggressiva, senza ombra d'ironia residua. Il signor Grosman mi guardava perplesso, si chiedeva perché il suo amico avesse raccomandato un tipo di donna odiosa, brutta, scorbutica per un lavoro che richiedeva non solo un senso dell'umorismo, ma una certa disinvoltura, non riusciva a staccare gli occhi di questa strana donna.

Seppi in seguito che conosceva bene pure Werner, la nostra relazione, giravano parecchie fotografie, fatte da Achim che riprendeva sempre tutto e tutti, non somigliavo più a la gioiosa fanciulla innamorata, spesso mezza nuda in campagna. Achim fece pressione, e non poco, perché si fidasse delle mie capacità di creare una nuova serie, popolare, di giovani studenti in coabitazione, non copiata su "friends", meno edulcorata, senza esibizionismi di cattivo gusto. Del pepe, molta ironia e un linguaggio giovane ma di bon ton. Ci sarebbero state due versioni, una per gli Stati Uniti, l'Oriente, il Sud America e una speciale per l'Europa.

La retribuzione era all'altezza delle aspettative, avevo bisogno di denaro, le cure, ospedali, cliniche avevano prosciugato il mio conto in banca. Accettai la proposta e mi misi al lavoro.

Avevo un anno per consegnare un progetto, in varie lingue, i nuovi idiomi rispettati, si capisce.

Il lavoro mi aiutò a riposare meglio, a prendermi cura del mio cervello che girava in tondo, ripresi a funzionare a rilento, poco alla volta.

Dopo sei mesi avevo ritrovato il solito ritmo, una decina di pagine al giorno, un sacco di idee, ridevo da sola immaginando delle fanciulle poco timide che inchiodavano dei bellimbusti increduli. Ero ancora nella fase vendicativa. Vivevo a Milano in casa mia, mi sentivo al sicuro, andavo spesso a Parigi da Achim per fargli leggere i miei manoscritti. Dettagliavo i personaggi, li vestivo, li sentivo vivi, avevano un fisico, degli accenti, mi sentivo rinascere.

Avevo messo su una decina di chili, andavo dallo psichiatra due volta alla settimana, mi erano ricresciuti i capelli, sempre colore fiamma e ricciuti. Sembravo un adolescente androgina con un po' di seno, mancava ancora un'altra decina di chili per tornare una femmina con fianchi e il solito petto, il mio marchio di fabbrica.

Non ero mai stata nella seduzione, non sapevo giocare con i maschi, piacevo a Werner, bastava così, gli altri non esistevano, non li vedevo. Achim mi fotografò appena ripresi un po' di peso, ci divertivamo come dei bambini a travestirci, era il mio fratello di cuore, mai tradito, sapevo che frequentava Werner e la sua famiglia, avevano ormai tre figli maschi. Non entrava mai in dettagli per risparmiarmi il cliché della famiglia "mulino bianco".

Sean mi invitò per un weekend end lavorativo in casa di Achim. Andò a meraviglia, il tono gli piaceva, la descrizione dei personaggi pure, non poteva verificare i miei dialoghi francesi e tedeschi, ma si fidava di Achim. La scelta degli attori fu laboriosa, la pressione degli studi molto forte, chiesi di venire ad assistere alle prime ripetizioni a Londra. Aveva affittato uno studio per me e la protagonista della puntata. Era spettacolare, simpatica, vedevo il mio personaggio in carne ed ossa, piena di brio, ripetevamo insieme le scene più divertenti.

Il mondo lavorativo non mi era congeniale, ero abituata al silenzio del mio ufficio, la calma, la solitudine gradita. Era la prima volta che scrivevo un copione a mio nome, ero tesissima, sentivo le mie parole rimbombare, le trovavo stupide, insulse, ma loro ridevano, Sean mi abbracciò ghignando, sei troppo forte disse. Mi misi a piangere senza potermi fermare. Una vera cretina.

Sono tornata a Milano per scrivere una nuova puntata, sembra che vada tutto bene per la produzione e la scelta del cast. Si va avanti. C'è un gruppo di rilettura che modifica certe situazioni, mi avvertono e Sean fa rileggere tutto a Achim.

Mi sento bene, sono giorni che non penso più a Werner e tutto il resto. Non sono più la Soraya ripudiata dallo Shah dell'Iran dei tempi nostri. Non era per orgoglio che mi sentivo accoltellata alla schiena, ma per la sua mancanza di fiducia nei miei confronti. Non avevo capito che la mancanza di figli gli fosse così intollerabile, aveva bisogno di sicurezza, non di libertà, voleva sposare una donna che sarebbe stata una buona madre, una brava moglie. Non gli offrivo altro che le prestazioni di un'amante, una collaboratrice, una compagna di gioco in qualche modo non affidabile.

Non avevo capito niente per vent'anni, era unico per me, non avevamo le stesse aspettative. Lui era passato dall'adolescenza godereccia alla voglia di sistemazione tradizionale, a quarantacinque anni.

Credevo di capirlo, era stato un malinteso dal primo momento. Non sono ancora in grado di poterne parlare con serenità.

Achim mi ha fatto un bel regalo con questo nuovo lavoro, l'ambiente è serio ma così gioviale che mi sento bene sul set a guardare le mie storie prendere vita, pezzettini alla volta, ripetendo tante volte battute e gestuali. Il regista si chiama Samuel, siamo coetanei, è americano sposato con la costumista con la quale giro i mercatini a Londra. La vita sta diventando leggera e festeggerò a giorni quarantatré anni. Achim ha invitato Sean a raggiungerci nella sua casa al mare. Sono scatenati assieme, mi trattano come una regina di cristallo, escono da soli, la sera tardi, baciandomi la buona notte. Per la prima volta, dopo otto anni, desidererei un uomo accanto a me in questo letto, sto tornando viva.

Ho chiesto a Achim di guardarmi come un uomo, non un quasi fratello, cosa sembravo, un relitto, una donna invecchiata troppo presto, non più desiderabile.

Mi fotografò perplesso, gli ho confidato che mi stavo risvegliando, che il primo maschio a portata di mano gli sarei saltato addosso senza indugio, lui compreso. Non era vero, gli Herzog erano esclusi, lo sapeva e rise imbarazzato.

Non avevo mai guardato Sean come una donna lo fa con un uomo. Per mancanza di interesse sessuale, vedevo il produttore, il datore di lavoro, l'amico di Achim sarei stata incapace di dire il colore dei suoi occhi. Sapevo che era più alto di me, snello, sorrideva di rado sembrava molto serio. Achim mi mostrò una decina di foto di questo uomo, non mi suscitava niente di preciso, un irlandese con tratti celtici molto alto, atletico con la racchetta in mano, poi accompagnato da una donna formosa con la quale sembrava a suo agio, un bambino in braccio. Non era il mio tipo, non vedevo che Werner, ancora in questo caso. Smaniavo, incapace di tornare alla realtà. Dovevo fare ancora un po' di strada per disintossicarmi da questa ossessione, di quest'uomo.

Il lavoro era una medicina eccezionale. I miei copioni piacevano al regista, e sarebbero usciti l'anno seguente prima in America, poi in Inghilterra, un po' alla volta in Europa.

Andò molto bene, furono venduti nel mondo intero, Sean esultava, potevano continuare per un altro anno con gli stessi attori, arricchiti di nuovi personaggi molto popolari. Fui invitata e festeggiata a Londra, ho bevuto da sola una bottiglia di Don Perignon, ero ubriaca fradicia, e non la sola, mi sono risvegliata abbracciata a Sean addormentato, nudi tutti e due, in un letto e una stanza sconosciuti. Non riuscivo a tornare in me, completamente fuori di testa. Ero immobilizzata dal corpo del mio partner, tentai di liberarmi, riaccendendo un marchingegno che sembrava assopito. Seguì una specie di balletto di due zombie alle prese con un impulso più forte delle loro capacità. Siamo ripiombati in un sonno senza velleità, solo quella di dormire.

Ci siamo ritrovati un po' sorpresi, alle tre del pomeriggio del giorno seguente, uno spettacolo non brillante con la luce del giorno in piena faccia quando Sean aprì le tende. Eravamo in casa sua, mi coprì con sua vestaglia, senza una parola preparò un caffè, tostò del pane e portò tutto in camera. Non riuscivo a capacitarmi della dinamica di questa situazione, lo guardavo sorridendo, poi mi venne una ridarella che non finiva più, contagiosa perché anche lui non riusciva a smettere di gongolarsi guardandomi. La sbornia non spiegava niente, mi disse che mi ero scatenata la notte scorsa, una maga Circe che la sapeva lunga, era molto soddisfatto delle mie prestazioni, e sarebbe stato molto felice di fare il bis, questa volta coscienti e sobri.

Non sapevo di essere così esplosiva sotto l'effetto dell'alcool, non bevo in generale, non era mai successo niente del genere in precedenza, chiese se per caso mi avevano dato da fumare una canna o due, sembrava di sì. Lo guardavo per la prima volta come un essere umano, un bel tipo sulla cinquantina, non ricordavo niente della notte, a freddo non sentivo nessuna voglia di andare oltre, solo un bagno. Mi preparò l'acqua a temperatura perfetta, dei sali profumati, mi accompagnò, mi strofinò dalla testa in giù, poi non scrivo il resto, è stato magnifico. Ero stata abituata solo a Werner, non avevo mai avuto altri uomini, a quarantatré anni scoprivo un essere completamente diverso, mi sembrava di vivere in un'altra dimensione.

Non sapevo quasi niente di Sean, era un nome importante nel mondo della produzione, mi dava del lavoro, lo vedevo solo in versione ufficiale. Non era molto chiacchierone, non mi parlò della sua vita, seppi di più con gli attori dello sceneggiato. Era stato sposato con una costumista da giovane, avevano un figlio che lavorava con la madre, molto bravo, quotatissimo nel cinema. In ultimo sembrava molto interessato a una giovane avvocatessa, non era mondano, un solitario, ma duro in affari.

Il carattere di un individuo si rivela parecchio nell'intimità, Sean è una persona riservata sul lavoro, molto espansivo in privato, generoso, attento e passionale, una sorpresa per la semplicità con la quale sa capire fin dove può andare, la gentilezza dei rapporti. Sono rimasta una settimana a casa sua, ci siamo regalati una vacanza per conoscerci meglio.

Sono tornata a Milano frastornata con un gran bisogno di calmarmi e di tornare sulla terraferma. Un mucchio di lavoro mi aspettava, mangiavo nella la trattoria di fiducia, passeggiavo al parco Sempione, andavo in giro per i mercatini, e mi chiedevo in quali guai ero cascata un'altra volta. Ero rimasta al sicuro per otto anni, diffidando degli altri ma soprattutto di me stessa. Werner aveva lasciato un vuoto abissale, non ci eravamo mai più incontrati, temevo il suo sguardo, ci cascavo ogni volta. Achim mi proteggeva, incontrava suo fratello, erano moto simili, si volevano bene, ma mi considerava un po' sua sorella, si trovava in una posizione difficile, e per peggiorare ancora la situazione Sean era da anni il suo migliore amico che frequentava tutta la famiglia Herzog. Siamo più di 7 miliardi di individui e ho ridotto il mio campo amoroso al cerchio ristretto degli Herzog e affini, PERCHÉ? Viaggio di continuo, su tanti continenti e con chi mi ritrovo...

Abbiamo un sacco di affinità, ci attiriamo, calamitati. Achim ha saputo delle mie prodezze, Sean era suo ospite a Parigi, mi ha suonato il campanello di allarme, spiegandomi che quest'ultimo era cotto di una loro conoscente, una giovane avvocatessa, molto in gamba, militante di centrodestra, appena eletta deputato della regione Nord di Parigi. Una donna molto ambiziosa ma tanto innamorata di Sean. Non perdere tempo, era stata una scivolata da parte del suo amico, aveva apprezzato a quel che sembrava, MA!!!

Tanto non avevo mai pensato a niente durante quel famigerato Weekend, non così famigerato dopo tutto, ci siamo fatti del bene a vicenda, parecchio direi. Non pensavo affatto a volermelo accaparrare il bell'irlandese. Una sbornia durata una settimana, conta poco in una esistenza.

Sean è venuto a Milano, mio ospite, dovevamo lavorare su un nuovo progetto. Era il solito Sean ermetico, occupava la camera degli ospiti, mangiavamo delle pizze in cucina, poi non si sa come le cose si sono ingarbugliate di colpo. Erano passati tre mesi, ci siamo ritrovati persi in sensazioni forti, mi guardava sorpreso, ero scatenata, mi domandò a bruciapelo se ero ingrassata, che assomigliavo alla giovane incinta della primavera di Botticelli, cosce lunghe, seno sodo, un filino di pancia, un'esplosione di femminilità. Impazziva e palpava questo corpo ecc.

Se ne andò distrutto, io risplendevo, i sensi soddisfatti. In piena notte mi venne un dubbio, non avevo più il ciclo da qualche tempo. Non mi preoccupavo mai di questo dettaglio, non ce n'era mai stato bisogno, a quarantatré anni poteva trattarsi dell'età, di menopausa, ingrassavo, mi piaceva questa abbondanza di curve, poi non ci pensai più. Non avevo la più pallida idea delle ultime mestruazioni, avevo un sacco di lavoro e pensai ad altro. Una conoscente mi fece tanti complimenti sulla bellezza della mia carnagione, sulla luce dei miei occhi, ridevo felice, mi sentivo bene, senza ansia, presi appuntamento con il ginecologo, sicura della diagnosi. Mi piaceva l'idea di invecchiare, di lasciare correre le stupidaggini, di calmare le pulsioni. Mi visitò ben bene, mi chiese perché avevo tardato tanto a venire prendere atto di essere incinta di tre mesi abbondanti, più vicino al quarto, a quando risaliva l'ultimo ciclo, ecc. mi guardava accigliato, senza benevolenza. Ero devastata, svestita su quel aggeggio bestiale di sedia a gambe divaricate, piangevo a singhiozzi accelerati, tentò di calmarmi per spiegare la mia situazione. Era semplicemente PAZZESCO. Sterile da trent'anni, perduto il mio moroso per questo destino del cavolo, vado a letto col mio capo e mi ritrovo, alla vigilia della vecchiaia, ragazza madre. Non so niente di bambini, mai desiderato di averne, nemmeno con Werner, ero un'amante devota, non la futura madre dei suoi figli. Amavo molto giocare a farne, per finta però.

Ho tentato di fare il quadro chiaro della mia vita randagia. Non potevo caricare una paternità su nessuno, era stato una fatalità che non riguardava nessun'altra che la sottoscritta.

Mi fece fare una quantità di analisi, risultavo sana, l'ecografia mi mise di fronte a mia figlia, microscopico fagiolo riconoscibile. Furono approfondite le mie condizioni di anziana puerpera per prudenza. Mai sofferto di nausea, questa bambina non voleva disturbarmi oltre.

Non esiste una parola per definire il mio stato d'animo. Esultavo alla vista di quel che succedeva dentro di me, disperata per tutto il resto. La vita si prendeva gioco di me, tutto risultava una beffa. La figlia di Werner sarebbe stata benvenuta dieci anni fa, la figlia di Sean non aveva senso. Oppure no?

Achim venne a Milano per incontrarsi con Werner, avevano dei problemi con il personale della libreria. Mi invitò a cena, ovviamente da solo.

Gli chiesi di venire a casa mia, non volevo essere in pubblico per annunciare la notizia, non potevo più nascondere la gravidanza, avevo ormai la pancia e il seno molto visibili nonostante i vestiti che camuffavano tutta questa abbondanza.

Mi guardò esterrefatto, poi si mise a ridere baciandomi, siamo rimasti senza parlare per un momento, non resistette a accarezzarmi la pancia e il seno, dolcemente, con delicatezza, chiedendomi se era maschio o femmina. Piangevo, non riuscivo a non farlo, come dal ginecologo, non abbiamo cenato, troppa emozione. Eravamo abbracciati sul divano, al buio, fuori pioveva, non smettevo di parlare della bambina. Mi disse che sarebbe il caso di dirlo anche a Sean, giusto per correttezza. Non volevo coinvolgerlo, tanto non mi sarei sposata mai, ero indipendente dal punto di vista economico, avrei trovato una governante per aiutarmi, pensavo che sarebbe stato meglio per tutti tenermi lontana da storie di paternità, di infliggere una responsabilità del genere a un poveraccio che non aveva nessun desiderio che di una partita di sesso senza conseguenze con una donna dichiarata sterile. Era ignobile imporre una cosa del genere a una persona che stimavo molto. Spiegavo a Achim che se si fosse trattato di Werner, non avrei reagito con altrettanto generosità. Lui mi guardava indeciso, e mi chiese se avrei accettato di sposarlo lui, sarebbe stato un matrimonio amichevole, ci vogliamo bene, non sarei stata sola a educare la bambina. Ridevo di gusto spiegando chiaro che avevo sempre rifiutato di sposare l'unico uomo che avessi amato, non me ne importava niente di essere single, anzi, lo pregai di tenere per sé la notizia della mia gravidanza e di lasciare perdere la paternità della bambina.

Per due mesi rimasi a casa a preparare gli scenari futuri, poi Sean arrivò di sorpresa. Mi prese in braccio per portarmi sul divano, mi stringeva forte, voleva fare la conoscenza di sua figlia con me alla prossima ecografia.

Abbiamo parlato per ore, aveva lasciato la sua avvocatessa, troppo ambiziosa, Achim non aveva resistito a svelare i risultati delle nostre notti brave, anche Werner era presente e si era scolato una bottiglia di cognac dallo shock. Tutti avevano bevuto alla mia salute e augurato buona fortuna a Sean, che avrebbe dovuto vedersela con una pazza di donna indipendente, che non avrebbe mollato mai sua figlia per una paternità avvenuta per caso.

Aveva delegato il lavoro dei due prossimi mesi al suo assistente, voleva starmi vicino fino alla nascita della bimba.

La storia mi sfuggiva di mano, questi uomini avevano deciso tutto tra di loro, per la prima volta mi lasciavo portare, senza ripensamenti, rilassata, in una forma strepitosa. Non ero enorme, solo la pancia e il seno, Sean non smetteva di ascoltare, di parlare a sua figlia, era troppo giovane quando nacque il suo maschio, ora abbiamo, lui cinquantacinque anni, io quarantaquattro compiuti. Siamo due vecchi futuri genitori così felici ma così ansiosi, che aspettano febbrili questo evento inatteso.

24 Marzo

Mia figlia è nata il 17 scorso, devo dire nostra figlia, faccio fatica a parlare al plurale!

Ci fu a malapena il tempo di arrivare alla maternità, andò tutto a una velocità siderale. La signorina era stufa di essere confinata e uscì quasi da sola. Niente spinte, un male boia e un urlo da parte mia e della neonata. Sean era livido a mio fianco, io disfatta dallo sforzo, ci portarono un fagottino orrendo rosso in faccia come i capelli, identici ai miei. Strillava forte stringendo i pugnetti, la guardavamo senza parlare, vedevo pure gli occhi lucidi del neo padre che mi stritolava le dita. Il medico arrivò sorridendo, nostra figlia era perfetta, un po' piccola, solo due chili e sei, tutto funzionava, cuore, polmoni, mani e piedi, si congratulò con me per la facilità con la quale avevo partorito, alla mia età, per la prima volta. Merito zero, aveva fatto tutto lei, ne convenne pure lui, incredulo. Era lunga 53 cm. Sono tornata a casa il giorno dopo, non ci fu nemmeno bisogno di punti di sutura, era scivolata fuori senza danneggiare nessuna di noi due.

Avevamo fatto un corso di preparazione per gente come noi, ignari di come comportarci con un essere così piccolo. Il gatto di casa pesava il doppio di questo cosino.

Avevamo assunto una infermiera per il primo mese, non ci fidavamo delle nostre capacità.

Mi sembrava di vivere una finzione, Sean sconvolto mi stava appiccicato addosso, non osava toccare la bambina, poi ci fu il delirio alla prima poppata. Questo grosso seno era pieno di latte che traboccava, l'infermiera non lasciava perdere una sola goccia del prezioso nettare. La bambina succhiava con frenesia, facendo un baccano del diavolo, ero fortunata di avere un aiuto perché un mal di schiena mi era piombato addosso all'uscita dell'ospedale. Sean imparò in fretta a cambiare i pannolini, per forza. Quanta puzza poteva uscire dalla cacca di un affarino cosi microscopico.

Non ho più il tempo di tenere un giornale, le giornate sono sempre troppo corte. Vedremo più tardi se sarà il caso di mettere nero su bianco i fatti miei.

Ancora un piccolo dettaglio, ho sposato Sean.

Vent'anni dopo

Sono morti sia Mirta che Sean, lei di un tumore al pancreas, a sessantadue anni, lui di un infarto un anno dopo. Seanie viveva ormai a Londra, aveva venduto la casa di sua madre e accumulato carte, mobili in una rimessa. Trovò per caso il giornale di sua madre dentro una scatola piena di lettere.

A vent'anni viveva, per scelta, in casa di suo padre, fuori Londra, a una ventina di chilometri della capitale, in un villaggio servito dal treno. Studiava lettere, come sua madre, adorava il suo giardino, le ceneri dei suoi genitori seppelliti sotto il tiglio centenario che adorava Mirta.

Seanie non riusciva a assumere il suo nuovo stato di ragazza sola al mondo, aveva talmente bisogno di queste due persone, era stata la luce degli occhi di Sean, coccolata, adorata da Mirta che la voleva perfetta, e con la quale bisticciava come una furia. Non sopportava la casa milanese, troppi ricordi felici, ogni oggetto era un pugno allo stomaco, sentiva il suono della voce di Mirta, le sue risate, l'allegria che sprigionava, cantava, ballava, era insopportabile vivere in questo posto senza di lei. Era spirata dopo sei mesi di cure, da sola, di notte, all'istituto dei tumori. Alle tre di notte una infermiera aveva chiamato Sean al telefono per annunciare che la paziente era spirata da qualche minuto, nel sonno. Era crollato, la cornetta in mano, non aveva svegliato sua figlia. Una nebbia fitta ricopre le settimane che seguirono, i mesi. Tornarono in Inghilterra, nella casa che Mirta e Sean avevano acquistata da tre anni e che loro figlia adorava. C'era lo spazio, una infinità di stanze, un solaio pieno di cose abbandonate del secolo scorso. Non era ancora impregnata dei suoi nuovi proprietari, Mirta non aveva avuto il tempo di impossessarsene, Sean nemmeno. Per sei mesi, Seanie visse a Parigi da Achim, lo considerava suo vice padre, si era occupato di tutto alla morte di Sean. Quest'ultimo era suo ospite quando si accasciò, in un secondo era spirato.

Seanie possedeva un patrimonio importante, gestito da Achim, suo padre aveva guadagnato molti soldi con le serie, sua madre pure. Non era nel bisogno economico, ma in un deserto affettivo. Non aveva ancora trovato un equilibrio sufficiente per andare oltre qualche incontro poco impegnativo con ragazzi di passaggio.

Seanie

La sua governante italiana, dall'infanzia, era tornata da lei. Elvira Tommasin non si era sposata, aveva venticinque anni quando Mirta le chiese di aiutarla con la bambina. Era infermiera diplomata, ma Sean seppe trovare le parole giuste per convincerla a stare con loro. Ci rimase una decina di anni, poi prese servizio in un ospedale pediatrico, fino a quando seppi della morte dei Grosman, e della disperazione di Seanie. Ormai aveva un vice padre con Achim e una vice madre con Elvira.

Era sempre stata una studentessa brillante, ma non riusciva più a concentrarsi, andava da uno psichiatra a Londra, due volte alla settimana. Non si cura il lutto con le pillole, ma parlare o solo la libertà di piangere dallo psi l'aiutava ad alzarsi al mattino. Elvira non era una dipendente ma un'amica devota, stimava molto i suoi genitori che ammirava. Seanie non osava leggere il diario, per non essere indiscreta, sapeva tutto di Werner, l'aveva incontrato qualche volta da Achim o con suo padre, ma leggendolo sentiva sua madre vicina, le ridava vita.

Non la conosceva, la sua mamma, se ne rese conto subito, non riusciva a staccarsi dal giornale. Non la immaginava così passionale, doveva incontrare il famigerato Werner, doveva chiedere a Achim.

Da piccola disegnava un personaggio fantastico, tra l'umano e l'animale, crescendo prese la forma di un'eterna adolescente alle prese con quello che la circondava. Si divertiva a inventarle dei dialoghi umoristici, le mise accanto un'amica del cuore, fan di moda, cadeva in tutte le trappole. Aveva riempito migliaia di fogli A4, non li faceva vedere a nessuno. Teneva la sua raccolta in mezzo ai libri scolastici e cercando un testo fece cadere tutto in mezzo al suo studio, era in compagnia di Achim. Come Mirta, Seanie arrossiva facilmente, si precipitò per raccogliere i suoi disegni, ma Achim fu più veloce e si mise a ridere a crepapelle, urlando: geniale. Seduto per terra studiava ogni dettaglio, sempre più ilare. Le chiese chi era l'autore, e capì vedendola cremisi che lo considerava un segreto.

Erano anni che si divertiva a inventare Peety e Misery, le due sciagurate eroine del suo mondo immaginario. Si vergognava, in mezzo a una famiglia cosi erudita, di prendere in giro tutto senza censurarsi mai, tramite Peety, il suo doppio. Sempre più feroce, Peety caricaturava il mondo editoriale, quello del cinema, il giro dei genitori, anche sua madre, mai suo padre. Achim si era riconosciuto, mettendogli in bocca una canna gigantesca e nella mano un bicchiere stracolmo, inveendo contro i coglioni di scrittori ignoranti che le toccava pubblicare.

La strinse a sé dicendole che era un genio, li avrebbe pubblicati tutti su diversi giornali prima, e un po' alla volta in un albo, soprattutto che i suoi sarebbero stati fieri del suo talento. Perché li aveva tenuti nascosti? sua madre avrebbe adorato Peety e la povera Misery, Sean aveva un senso dell'umorismo molto glaciale, micidiale, era la loro eredità, poteva esserne orgogliosa.

Seanie era dubbiosa, non ci teneva più di tanto a essere pubblicata, aveva senso disegnare e scrivere al momento stesso, era uno sfogo, non un desiderio di trasmettere, non le fregava niente di essere letta da estranei.

Ma Achim era molto persuasivo, voleva pure capire se lo avrebbe fatto ancora in futuro per lui.

Ridendo le mostrò la sua ultima vignetta in bianco e nero rappresentante una cantante senza voce, seminuda intervistata dal divo del teleschermo, adorata e imitata da Misery.

Cosi iniziò la carriera di Seanie.

Aveva un fisico severo, troppo alta e magra, sempre vestita di blu scuro, un viso da bambina imbronciata, senza un'ombra di trucco che odiava, si mangiava le unghie e portava solo scarpe piatte nere, una divisa per tutte le stagioni. Era bellissima e non lo sapeva. Aveva ventidue anni, nessun amore né passato né presente, era vergine, non femminista ma diffidava dei maschi, non le mancava il sesso, l'esatto contrario di sua madre. Si sentiva un po' Peter Pan, non voleva entrare ancora nel mondo adulto.

Achim non perse un istante per pubblicare i disegni di Peety e Misery su varie riviste, firmate solo Seanie. Werner e Hans adoravano questi personaggi senza concezione, Tessa meno, ma in Inghilterra il successo fu immediato.

Werner e suo figlio vennero a passare una settimana lavorativa con Achim e quest'ultimo invitò Seanie per il weekend.

L'innamorato insaziabile della giovane Mirta aveva ormai settantacinque anni, un po' curvo ma una capigliatura foltissima e il solito sguardo inquietante. Portava con disinvoltura la sua età. Era accompagnato dall'unico dei suoi figli che voleva lavorare nella ditta di famiglia. Si chiamava Egon, unico a somigliare a suo padre in modo impressionante, solo molto più alto. Gli altri ragazzi erano uno musicista, studiava ancora per diventare direttore di orchestra, l'altro uno sciatore di alto livello, medaglia d'oro di discesa libera agli ultimi giochi olimpionici. Una gloria nazionale come la madre, per anni campionessa di scacchi del suo paese, poi di Europa, ora nei vertici mondiali dei tornei internazionali.

Werner era diventato il padre di Heinrich, e il marito della gloriosa Elfriede. Non lo disturbava per niente, il suo bilancio personale era positivo, la ditta era una referenza nazionale, il nome di Herzog brillava forte, aveva avuto un amore importante in gioventù fino a quarantacinque anni, aveva sposato poi una donna importante che gli aveva dato tre figli maschi molto in gamba.

Aveva pubblicato in tedesco i disegni di Seanie, con un successo relativo, niente a che vedere con i paesi anglosassoni o francesi. Non gli piacevano i disegni ma aveva apprezzato i testi. In compenso suo figlio adorava questa grafica violenta quanto l'umorismo di Peety. Erano curiosi d'incontrare Seanie. L'aveva incontrata varie volte, mai da sola, non si ricordava nemmeno di averla mai sentito parlare al di fuori dei soliti convenevoli. L'ultima volta fu al funerale di suo padre.

Seanie aveva letto tutto il diario di sua madre, si era fatta un'idea della personalità di Werner. Capiva il suo desiderio di formare una famiglia, ma non il modo di piantare in asso una donna amata in un modo così violento.

Era appena arrivata da Achim quando si trovò davanti a un giovane replicante di Werner, stesso sorriso, stesso sguardo, magnifico, il suo cuore sobbalzò, capì sua madre, anche lei si sentiva le gambe molli. Si salutarono, formali, Achim la strinse a sé, Werner tentava di ritrovare una traccia di Mirta in sua figlia, ma vedeva solo una fotocopia al femminile di Sean.

Seanie chiese a Werner di fare una passeggiata con lei al parco. Volevo sentirlo parlare di Mirta.

Diario di Seanie

Ci sono cascata anche io, ho comprato un grosso quaderno a spirale, più facile per strappare le stupidate. Il primo diario della mia vita. Ci voleva, mi dovevo sfogare in qualche maniera, come la mamma.

Sono stata ospite di Achim, il mio papà di ricambio, sono arrivati i due Austriaci, la versione attuale e quella del passato. Non ero preparata a trovarmi davanti lo stupendo Heinrich, non c'è parola per descriverlo, solo superlativi, anche simpatico e cosi beneducato, un principe. Mi sentivo male, rossa in viso, il naso ghiacciato e la bocca secca. Un'emozione violentissima. In un secondo ho capito la cerimonia per il crash a Ustica, mia madre e questo ragazzo, vent'anni di passione, di gioco amoroso, poi il vuoto lasciato quando se ne andò.

Volevo sentirlo parlarmi della sua Mirta, non di mia madre. Siamo usciti a braccetto, non osava guardarmi, mi parlò dei disegni, l'ho pregato di lasciare perdere i convenevoli, chi era la Mirta sedicenne. Dai raccontami i vostri amori, com'era fisicamente, divertente o musona...

Abbiamo cenato da soli a St Germain, dimenticando il resto del mondo, parlava, non mi vedeva più, un fiume di parole. Assorbivo come una spugna. Ridevo, piangevo, mi prese la mano per baciarla, aggiunse che Sean era un uomo molto simpatico, che fui fortunata di essere la figlia di questi due esseri. Avevamo il groppo in gola, mi teneva per mano per tornare alla realtà, a casa di Achim.

Rimasi a Parigi un'altra settimana, presi la metropolitana a Chatelet, gli scioperi avevano bloccato il traffico per ore, la folla aspettava i treni, uno spintone mi gettò come una catapulta su un ragazzo che si schiantò contro un pilastro. Dopo cinque ore in sala di attesa al pronto soccorso, ci diagnosticarono, lui tre costole rotte e per me due costole incrinate e una lussazione della spalla. Achim ci riportò a casa sua.

Lo sconosciuto si chiama Jean Yves Nénez, studente di odontoiatria, alla pari in una famiglia residente a Neuilly. Di origine bretone, Paimpol, la famiglia Nénez gestisce un albergo ristorante bar, in estate il figliolo aiuta in cucina e alle pulizie. Tutto questo si seppe nelle ore passate in ospedale.

Il dolore era forte, non si poteva respirare, né tossire, non ci guardavamo del tutto, mi lascio il numero del suo smartphone, gli diedi il mio e ci salutammo, sarei stata incapace di descriverlo, eppure sono molto fisionomista.

Mi chiamò due mesi più tardi, ero tornata in Inghilterra, voleva incontrarmi in un modo meno brutale. Gli fissai un appuntamento da Achim la settimana seguente.

Mi invitò al MacDo, camminando per ore nel quartiere latino, lo dettagliavo di sbieco, era molto carino, in contrasto con lo stile celtico. Alto come me, scuro di capelli e di occhi, indossava dei jeans, un T-shirt, una giacca neri, l'uniforme generalizzata, del nero ovunque. Io rimango fedele al blu scuro. Mi fissava e poneva pochissime domande, non era un chiacchierone, né a suo agio, li intimidivo. Stavamo bene, le costole sembravano risaldate, gli spiegai che non vivevo da Achim, ma in campagna in Inghilterra, che disegnavo delle strisce umoristiche distribuite su parecchie riviste nel mondo. Lo invitai a venire da me per le feste di Pasqua, se non aveva previsto di andare a Paimpol, o passare degli esami. Mi spiegò che non aveva i mezzi per viaggiare, ma che poteva provare di trovare un passaggio su internet.

È arrivato la vigilia di Pasqua con un uovo di polistirolo e un altro piccolo di cioccolato. Gli feci visitare il mio villaggio, andammo al pub, abbiamo bevuto la Guinness, cenato con il welsh pie, non avevamo sonno, e guardammo un western alla TV, ci siamo addormentati ognuno nella sua poltrona, risvegliati gelati, il fuoco si era spento. La stanza degli ospiti gli piacque, e me ne andai sotto il mio piumone a finire la notte. Ci siamo molto divertiti il giorno seguente, girando in macchina nei dintorni, poi mi chiese chiaro se non mi piacevano i maschi. Sembravo cosi indifferente, mai uno sguardo, uno sfiorare, era un fatto personale, non era il mio tipo fisico. Non sapevo cosa rispondere, sì, mi piaceva, ma ero senza esperienza, il sesso non mi mancava, non capivo, perché quasi sempre il sesso impedisse alla gente di essere amici. Raccontai poi la storia di mia madre, la mia nascita inaspettata, Werner. Non volevo soffrire come lei quando lui la piantò in asso, piuttosto niente. Mi guardava incredulo, mise le mani sul mio collo e mi baciò senza chiedermi il permesso. Mi spiego che le ragazze che frequentava, o erano loro a prendere l'iniziativa, o si mettevano a urlare che si sentivano violentare. Aveva una ragazza a Paimpol, da due anni, dovevano tutti due finire gli studi, lei voleva insegnare chimica al liceo. Non pianificavano il futuro, per il momento, lei prendeva la pillola, si volevano molto bene ma non era la passione. Mi disse che sembravo caduta dal cielo, ero bizzarra, ma mi desiderava anche al pronto soccorso, inafferrabile. Era stato difficile resistere la notte scorsa, non volevo provare? Ebbene no, non volevo provare, non sentivo niente, perché mai dovevo sforzarmi per fargli piacere, non l'avevo invitato a dei fini nascosti.

Non so perché qualche cosa mi turbava, questo tipo non era un bruto, non sarebbe mai stato un intellettuale come la gente che frequentavo, era onesto e schietto, aveva solo voglia di una donna non repellente, io, lo diceva senza ingombrarsi di sentimenti fasulli.

Andammo in un altro pub a berci un po' di birra e mangiare un pie ripieno, mi guardava inquieto, lo portai a casa e dritto in camera mia. Tutta la notte e il mattino seguente furono dedicati all'insegnamento del dove e come usare il corpo in modo soddisfacente. Quante risate, ci contemplavamo dalla testa in giù, mi toccava, baciava, ecc. mi chiese poi se mi piaceva questo nuovo uso del corpo. Era inconsueto, ma non capivo come mia madre aveva potuto perdere la testa per una cosa così banale. Ero neofita, non toccavo il cielo, né l'arrivo del Nirvana, solo piacevole e divertente. Il giovane bretone ci aveva preso gusto e si mise a andare oltre i primi passi, ci fu la famosa esplosione reciproca che mi sconvolse. Questo era il motivo dell'affamarsi degli esseri umani, il grande mistero di una deflagrazione sensoriale, altro che emotiva. Questa volta c'eravamo, mi piaceva abbastanza ma sapevo che poteva essere meglio, lo pretendevo ormai, bramavo come le altre.

Questa storia banale, cambiò la mia percezione della vita. Non eravamo innamorati ma non era necessario di esserlo, Jean-Yves mi disse che l'apprendistato era finito, si passava alle cose serie, il raffinamento diventava arte, mi prestavo volentieri, poi il weekend finì. Passò molto tempo su internet per trovare un passaggio gratis per Parigi. Non ci siamo più rivisti per parecchio tempo. Lavoravo, disegnavo e spedivo grazie a internet, Achim aveva distribuito i miei disegni a nuove testate, nessuno aveva mai visto l'autrice che si firmava Seanie. Werner venne a trovarmi con suo fratello Hans, mi fecero firmare un contratto molto impegnativo e bene retribuito. Achim mi spiego che dovevo uscire dell'anonimato, mi fotografò e fui invitata a una fiera del libro a Francoforte. Non sono timida, ma la folla mi spaventa, mi avevano preparato una conferenza stampa in inglese, Achim mi consiglio anche come vestirmi.

Quante domande inutili e risposte stupide furono dette, era una specie di battesimo promozionale. Fui presentata come la figlia di mia madre, poi di mio padre, ereditiere di un umorismo pungente, figlioccia della famiglia Herzog che mi sponsorizzava.

Era solo un inizio, la televisione rendeva popolare in breve tempo, la radio. Le foto di Achim circolavano sopra i disegni. Ho vissuto in due anni una valanga mediatica straordinaria. Il talento anonimo non esiste più da decenni, ero conosciuta grazie alla famiglia Herzog.

Werner mi invitava con Achim, incontravo il bellissimo Heinrich fidanzato con la cantante lirica più famosa del momento, di origine russa, stupenda, maestosa, con il timbro di voce riconoscibilissimo, unico. Una coppia spettacolare. Vivevo in un vortice mondano, da sola. Achim mi chiedeva spesso come mai non trovavo il tempo di innamorarmi, figlia della donna più sentimentale che avesse mai conosciuto. Incontravo centinaia di uomini, troppi, nessuno che sembrasse interessarsi a me, Seanie Grosman. Chiesi una pausa, un po' di calma, presi la macchina e me ne andai sulle stradine di

Francia in direzione della Bretagna. Era il mese di luglio, il turismo affollava le spiagge, riempiva gli alberghi e trovai con facilità l'albergo Nénez a Paimpol. Tre Stelle Michelin per l'albergo, pieno fino a ottobre mi fu detto al telefono. Vidi Jean-Yves agitarsi tra i tavoli in terrazza, mi sono seduta per chiedere un caffè, mi guardò esterrefatto. Mi ospitò per due giorni, presentandomi a suo padre dietro il bar, a sua madre in cucina, a suo fratello al servizio. Non era più fidanzato con la prof, stanco morto, stavamo ore abbracciati in spiaggia, di notte cullati dalla risacca.

Gli chiesi perché non si fosse più fatto vivo. Arrossiva per rispondere "non vedi che non siamo della stessa classe sociale, non puoi capire, era cosi umiliante vederti pagare tutto, eravate tutti cosi gentili, eleganti, mi sentivo una nullità, poi vederti alla televisione, sui giornali, non era possibile giocare al cenerentolo. Mi sono laureato, ho trovato lavoro come braccio destro del professore in uno studio dentistico a Rennes. Aiuto i miei durante le feste e il fine settimana. Non ho niente altro da offriti, che casino..."

Era più lucido di me, la classe sociale? Non mi toccava, per forza, ci sono nata e mai più spostata da questa borghesia altolocata, Tessa aveva sposato un secondo cugino della regina e faceva sentire che non era il caso di mischiarsi con lei, mi veniva da ridere. Che scemenze, mi sentivo male di averlo umiliato, senza capirlo.

Gli chiesi se gli piacevo ancora, io, non la cretina dei giornali, imbarazzatissima da sembrarle arrogante, non avevo più incontrato nessuno che mi piacesse quanto lui, ero venuta per dirglielo. Era stato molto importante per me.

Mi stringeva forte, mi sentivo persa, del domani si sarebbe visto più avanti. Nessuno pensava di cambiare niente alla propria esistenza, era evidente, mi piaceva la mia, pure lui la sua. I Nénez formavano un nucleo molto solidale non gradivano gli intrusi. Erano cordiali con me, per abitudine, una cliente di passaggio, si sperava, un'amica occasionale del figlio. Nemmeno io mi sentivo bene con loro, erano dei rapporti sforzati da ambo le parti.

Ci siamo lasciati desolati, non poteva funzionare, lo capivamo tutti e due.

Tutto ci separava, la nostra educazione, i nostri valori, il lato bobo della mia vita, il suo calcolare qualsiasi mossa, ma era indubbio che da soli, usciti dal contesto sociale, stavamo tanto bene assieme. Non si poteva tornare indietro, stavo meglio, male, prima di incontrarlo, ignoravo quello che perdevo. Non si trattava solo di sesso, della prima volta, mi ero innamorata a distanza, ripensando al suo sguardo curioso di tutto, della sua vivacità di spirito, del modo di aiutare i suoi in lavori umili senza farlo pesare. Non ne sarei stata capace. Il suo grosso difetto che mi urtava di più rimaneva quest'orgoglio che sciupava tutto, la mancanza di semplicità, di prendere le cose per quello che erano, come si presentavano. Rimuginavo al volante, tornavo a Parigi.

Achim mi aspettava per presentarmi a un americano, specialista di animazione da Disney, si sarebbero potuti fare dei filmati di una decina di minuti con i miei disegni di Peety e Misery.

Il lavoro si rivelava, come sempre, una medicina eccezionale. Certo che mi sarebbe piaciuto, e parecchio vedere muoversi queste due pesti.

Sono andata negli studi di animazione a New York prima, poi a Los Angeles. Scoprivo il mondo dei Cartoons, era appassionante. Disegnavo, come tutti, su dei supporti elettronici, imparavo guardando, non sarei mai voluta uscire fuori, concentrata assieme a decine di creatori sui miei personaggi.

Mangiavamo dei piatti vegetariani alla mensa, giocavamo a palla a volo per rilassarci, poi si ripartiva fino a notte fonda. Mi sentivo crescere delle ali, una sensazione di beatitudine, condividevo con tante persone la medesima esaltazione.

Credevo che mia madre mi seguisse in testa mia, i testi si scrivevano da soli, ridevamo delle stesse battute con i colleghi. Ero in Paradiso.

Mi raggiunsero Hans con suo figlio, diventato il suo braccio destro. Peter Herzog. Stesso fisico stampigliato Herzog, alto, magro, biondo sul rossiccio, occhi azzurri, denti perfetti bianchissimi, mani e piedi grandi, vestiti su misura e cravatta. Molto formale, incontrato di rado, mi abbracciò a distanza come fanno i politici alla tele. Una cinquantina di anni, sportiva, non si perse in preamboli annunciando che avevano solo un giorno per vedere i provini, di andare di volata in sala di proiezione. Questo lavoro era costosissimo da realizzare, la produzione non voleva rischiare mezzo dollaro invano, ecc. era cosi odioso che lo guardavamo tutti al libiti. Chi si credeva di essere questo scemo...

Tutto andò molto bene, abbiamo capito che era

fatta quando Hans si mise a ridere come suo figlio, applaudendo: bravi. Mi portarono a cena in un mega ristorante per festeggiare il provino. Eravamo una dozzina di persone, avevo Hans alla mia destra, Peter a sinistra, il direttore degli studi, tre disegnatori geniali, e i miei collaboratori di Peety. Ci siamo divertiti un mondo, Peter si era slacciata la cravatta e tolto la giacca, era un'altra persona, spiritoso, divertente, il direttore lo conosceva da anni e non perdeva mai una replica per prenderlo in giro.

Hans mi chiese notizie fresche di Achim e di Werner, seppi che Heinrich aveva sposato la cantante, era andato al matrimonio in Austria, una cerimonia grandiosa, tutto superlativo. Werner sembrava giù di corda, la campionessa di scacchi parlava come una macchinetta, era molto invecchiata, il campione di sci firmava autografi anche in chiesa, insomma una bella festa. Peter aveva bevuto parecchio e mi tampinava, ero l'unica donna della serata, l'avrebbe fatto a chiunque altra, ero a portata di mano.

La famiglia Herzog mi considerava una di famiglia, a parte Tessa, mi sentivo molto vicina a loro anch'io.

Avevo compiuto 27 anni, lavoravo con gente della mia generazione negli studi di animazione, i vertici erano tutti anziani, Hans, Werner, Achim, i figli tra i quaranta e cinquant'anni, i nipoti più o meno trentenni. Frequentavo solo i veterani. Il mio caro vicepadre Achim primo tra tutti. Hans aveva conosciuto bene mia madre quando viveva con Werner, i maschi si incontravano spesso. Peter era al corrente della saga Herzog, meno della mia. Mi chiese il mio numero di telefonino.

Rimasi negli Stati Uniti sei mesi, a Los Angeles. Peter veniva una volta al mese per farsi proiettare i filmati. Mi portava sempre a cena da sola per farmi parlare di mia madre, di suo zio, della mia nascita, di Sean. Beveva sempre parecchio, reggeva bene l'alcool. Lui mi disse solo che aveva divorziato due volte, che bastava così, mettendo al mondo due figli ogni volta.

Era molto disinvolto, sicuro di sé, amava bere, le donne e il lavoro. Mi chiese di venire passare il weekend con lui a Yosemite. Aveva capito che non mi era indifferente, non mancava mai un'occasione di starmi molto vicino. Lo vedevo vecchio, poteva essere mio padre, ma la corrente passava tra me e lui.

Abbiamo attraversato la California in macchina, guidava una Range Rover, portava dei jeans e un giubbotto imbottito, non tentò una sola volta di toccarmi. Arrivati a destinazione in un albergo all'interno del parco nazionale, abbiamo scelto, in un maneggio, due cavalli per perderci sui sentieri, lungo il fiume e nei boschi. Mi sentivo così piccola, era stupendo, Peter era premuroso, gentile, protettivo. Fu consigliato di non portare del cibo fresco negli zaini, panini con formaggio, o prosciutto, per non attirare gli orsi. Era proibito andare fuori delle vie tracciate. Ridevo pensando alle Dolomiti, scarponi altro che cavalli per le traversate, ma c'era un'atmosfera indescrivibile.

Si trattò di un weekend molto particolare, fatto di cavalcate, confessioni, dove nacque la mia prima vera amicizia amorosa con un uomo maturo, non un ragazzino.

Non mi saltò addosso, al contrario, era molto sulle sue, abbiamo dormito in una camera enorme con veranda sul Capitan, due letti gemelli, ognuno il suo. Al buio mi raccontava la sua infanzia, le vacanze con gli zii, la storia di Werner con mia madre, quanto suo padre fosse innamorato di lei e lei impazziva per suo fratello. Anche Achim aveva tentato di sedurla, lei conosceva solo il bellissimo Werner. Mi chiese se avevo visto le foto prese da Achim in vacanza in Carinzia, Mirta era un'esplosione di sensualità innocente, non se ne rendeva conto, come disse a mezza voce. "I maschi Herzog erano tutti innamorati di Mirta. Tu me la ricordi anche se somigli a tuo padre. Hai i suoi colori, le sue mani, la sua pelle.

Non hai notato come mio padre ti guarda, come Achim, per Werner sei incomprensibile, una fregatura. Da piccola sembravi il ritratto di Sean, ma adesso risplendi come Mirta giovane, freschezza, pulizia morale e languore. "

Non spaventarti, ti ho portata qui per stare in pace, non per violentarti. Sono innamorato di te, Seanie, un sentimento forte, non ti desidero nemmeno, faccio sesso con delle donne esperte, non con ragazzine. Hai un innamorato?"

Eravamo al buio, mi tolsi il pigiama di flanella, in punta dei piedi mi avvicinai al suo letto e con la pelle d'oca mi coricai al suo fianco. Mi strinse accarezzandomi i capelli, fu dolcissimo, si rese conto che ero sconvolta e molto ansiosa, non cercò di andare oltre, le sue mani scorrevano per conoscermi e ci addormentammo abbracciati. All'alba mi svegliò e non mi dispiacque quel che successe.

Peter ha il doppio dei miei anni, potrebbe essere mio padre, non ho un complesso edipico latente, cercavo un maschio, l'ho trovato. Basta. Questa storia somiglia a un cerchio infernale, pochi personaggi in un girotondo. Chiesi a Peter se si trattava di una storia nella storia, punto finale e cosa sarebbe successo in seguito, se ci fosse un seguito possibile tra di noi.

Sorridendo rispose "chi se ne frega, mio padre ha capito tutto, mi ha detto il giorno dopo la cena con i Disney, sei fortunato ragazzo mio..."

Non abbiamo la più pallida idea di che cosa sarà fatto il nostro domani, chi vivrà vedrà.

5. I frontalieri

Debora si alza ogni mattina alle cinque e trenta, prende il treno delle sei e trenta, inizia il lavoro di cameriera alle sette precise nel bar della stazione, dell'altra parte della frontiera, in Svizzera. Non la appassiona servire il caffè, la birra e dei bicchierini di vino bianco, ma lo stipendio... ah, lo stipendio, la manna, come quello di suo padre, di sua madre, dei nonni, solo i bisnonni non ne hanno approfittato.

La giovane vive in un graziosissimo villaggio a pochi chilometri della frontiera italo-svizzera, duemila abitanti, e una decina di chilometri di una città di 20.000 persone circa. Ebbe un passato glorioso, si fece la costruzione del tunnel del Sempione, poi della strada statale con le numerose gallerie. Il lavoro non mancava, la manodopera arrivava dal sud Italia, dalla bergamasca, da dovunque muratori, carpentieri e tutti i corpi della costruzione erano richiesti. Erano uomini per lo più giovani, volonterosi, soli, pochi sposati con famiglia appresso. Il villaggio brulicava di vita. Gli autoctoni erano in prevalenza contadini, allevatori di mucche e ovini, salivano negli alpeggi in estate per pascolare il bestiame, dormivano nelle malghe di pietra, facevano il formaggio, per lo più la toma, alzati all'alba si coricavano al calare del sole. Parlavano un dialetto stretto in fondo alla valle scavata dal torrente. Gente di poche parole, diffidente degli estranei, clan familiari ermetici che si mischiarono pian piano con i nuovi arrivati. Le ragazze si sposarono con questi lavoratori, i cognomi cambiarono, i tratti fisici pure. Nascevano nuove generazioni che studiavano, andavano a lavorare, da adulti, nelle fabbriche dei dintorni. Rimanevano pochi contadini, gli uomini giovani si riconvertirono artigiani, carpentieri, idraulici, qualcuno emigrò all'estero. Molte trattorie nutrivano i lavoratori stagionali, tanti bar dove si giocava a carte con gli anziani, la stazione era molto attiva ci transitavano treni merci e viaggiatori internazionali. Le acque termali delle montagne accoglievano i turisti. Tutto cambiò progressivamente, lentamente. Chiusero tante fabbriche, incominciò l'esodo dell'altra parte dei monti, muratori, artigiani, raccoglitori di frutta nel Vallese. Nel villaggio resistevano tre negozi di alimentari, due panettieri, parrucchieri, medici, una farmacia, giornalaio, distributori di benzina, una dozzina di bar, un tabaccaio, una lavanderia, sei trattorie molto frequentate, una chiesa, un parroco. Si viveva, si lavorava, ma la Svizzera offriva dei salari molto più alti, il cognato che rifaceva i tetti di piode guadagnava il doppio dei due medici, guidava una Mercedes, viveva in una casa nuova di zecca con il comfort del momento. Nessuno voleva essere da meno, la Svizzera diventò l'Eldorado che allontanò i valligiani che scoprirono il consumismo, le macchine di lusso, i bagni di marmo. Si lavorava in Svizzera con salari dal doppio al triplo ma si spendeva a casa. Chiusero, uno alla volta, bar, alimentari, trattorie, il villaggio non aveva più ruderi, ma villette colorate, siepi tagliate, fiori e non più patate. Era impressionante il parcheggio nelle vicinanze della stazione. Si viveva un'altra era.

Debora era dell'ultima generazione, diplomata dalla scuola alberghiera regionale, aveva fatto diverse stagioni nei cantoni francofoni e tedeschi, non scriveva nessuna lingua, ma sapeva destreggiarsi con il linguaggio, i dialetti germanici dell'alto Vallese.

Suo padre era idraulico come il nonno, prendeva il treno seguente con sua moglie, sarta in un negozio di abbigliamento.

Paolo aveva imparato il mestiere con suo padre che accompagnava in estate, durante le ferie estive, dall'età di dodici anni. Era bravissimo e dirigeva un'impresa svizzera appartenente a suo zio sposato con una donna svizzera, titolare della ditta.

Mirella era sarta come la mamma e la nonna, da sempre, impiegata da giovane nello stesso negozio. Adorava il suo mestiere e il datore di lavoro stravedeva per lei.

La ragazzina Debora aveva lavorato come lavapiatti in un Palace a Zermatt e a Saas Fé. Il suo sogno era di brigare la funzione di "conciergerie", in un Palace a Davos o St Moritz. Doveva maturare, ma era un lavoro fatto su misura per lei. Lo sentiva come una vocazione. Consiste a soddisfare qualsiasi richiesta del cliente, di ordine pratico, trovare un dentista alle tre del mattino, un medico, fare servire uno spuntino nella notte, ricucire un vestito di Chanel strappato, ritrovare dei documenti confidenziali dimenticati nell'aereo ecc. calmare una crisi esistenziale a un vecchio cliente ubriaco, con discrezione.

Sapeva aspettare, doveva pazientare e risparmiare

un bel po' di soldi per potersi pagare una scuola privata, carissima, che preparava a questo strano mestiere. Il vantaggio era che non si cercava questo lavoro, veniva offerto e retribuito di conseguenza.

Sapeva di essere ambiziosa, con il sorriso rendersi indispensabile, sognava il suo futuro. Il nome dei clienti miliardari non compariva mai sui giornali, lo aveva capito a Zermatt, esigenti, spesso cortesi, solo i nuovi ricchi richiedevano delle scemenze o si comportavano da cafoni.

Si godeva la sua giovinezza, adorava la sua valle, le montagne. Spesso durante i suoi turni liberi, scarpinava felice, un giorno, lo sperava, avrebbe restaurata la vecchia casa dei trisavoli, tipica costruzione piemontese di pietra, abbandonata da decine di anni, troppo rustica per i gusti dei genitori. Solo il nonno ci andava a dormire quando si moriva dal caldo in casa sua. La nonna la odiava, mancava spesso l'acqua, i ghiri giravano indisturbati facendo un baccano del diavolo di notte, nel sotto tetto, il "bincial" in dialetto. Era situata in mezzo a una radura vicino a un faggio tricentenario, addossata a una roccia, a 1200 metri di altitudine. Il tetto era in buono stato, le travi in larice rosso profumavano, come il pavimento. A pianterreno le piode quadrate coprivano tutte le stanze, le finestre avevano solo persiane interne, chiudevano a bandiera, era molto romantico, non da sola però.

Non riusciva a proiettarsi nel futuro, voleva avventurarsi nella vita un passo alla volta. Nipote di contadini, i piedi bene ancorati alla terra, non sognava cose impossibili, non aveva fretta, sapeva che la tenacia l'avrebbe portata all'approdo prefissato, prima o poi, ne era persuasa.

Viveva a casa dei genitori, un posto lindo, pulito da una madre maniacale. Ognuno aveva un compito chiaro, ordine prima di tutto, non lasciare tracce visibili in bagno e in cucina, mai un letto disfatto dopo essersi alzati, stendere la biancheria solo in lavanderia. Non si vedeva una briciola in giro dopo la prima colazione. Non era un regime di terrore, ma un'abitudine inculcata da bambini, dalle nonne in poi.

Tornavano a casa dopo le sei, incontravano i soliti conoscenti nel treno, si spettegolava ridendo, le donne arrivando a casa si cambiavano, facevano partire la lavatrice, pulivano le verdure, alle sette e trenta dopo cena si lavavano le stoviglie. I mariti invece, uscendo dalla stazione, andavano al bar a fianco a ritrovarsi fra amici per un bicchiere di vino o una birra, alle sette tornavano per la cena, la moglie stirava, alle otto si ritrovavano stesi sul divano a guardarsi i programmi televisivi per qualche minuto prima di addormentarsi stremati ma felici di non avere debiti, una bella casa, un fuori strada BMW in garage, e un conto in banca di tutto rispetto.

La figliola Debora aiutava sua madre, usciva con gli amici fin tardi, fumavano come dei treni del passato, dormiva poco e sapeva apprezzare questo periodo transitorio.

Trovò un lavoro di pulizie per uffici in Inghilterra, con due amiche affittarono un piccolo alloggio in periferia della capitale. Avevano seguito lo stesso percorso dall'asilo alla scuola alberghiera, una voleva diventare cuoca, l'altra pasticciera, la nostra Debora mirava la "conciergerie" dall'inizio. Non avevano scelta, la lingua internazionale era l'inglese, nessuna di loro era mai stata un secchione, si sarebbero accontentate di parlare e comprendere, potere comunicare era essenziale.

Si davano due anni, seguendo i corsi serali per stranieri, e passare un Delf B1, sarebbe stato sufficiente.

Debora sapeva sacrificare il divertimento per non sperperare i suoi risparmi. Non era il caso delle sue amiche che passavano le serate nei pub, incontravano giovanotti e ridendo dicevano che la gioventù si viveva una volta sola.

La prendevano in giro trattandola di spilorcia spaventosa. Non amava sperperare il denaro che aveva guadagnato con fatica, somigliava a sua madre, comperare poco ma di buona qualità, un investimento che si rivelava appagante, sia che si trattasse di un capo di vestiario, di una macchina o di mobili. Trattava i sentimenti allo stesso modo, tutto o niente. In questo momento vinceva il niente, non ne faceva una malattia, un giorno, chissà quando, qualcosa doveva pure succedere.

Il nonno Felice aveva provato a lavorare in una fabbrica di prodotti chimici durante due anni.

Era sposato da poco, ancora apprendista idraulico, sotto padrone in Italia, lo stipendio era basso, un suo amico gli disse quanto guadagnava come operaio in fabbrica, ci provò pure lui. Non amava né il trasporto ogni mattina e sera, né essere rinchiuso, si sentiva soffocare lo disse a sua moglie, fu lei a prendere il treno all'alba per tornare alle 18:30, sartina per ritocchi in un negozio elegante. A differenza di suo marito, si divertiva un mondo a ritrovare i soliti pendolari nel treno che portava oltre i monti, il suo compito era facile nel laboratorio situato al secondo piano, illuminato da grandi finestre confortevoli. La capa cinquantenne, vallesana di lingua tedesca, si rivelava esigente, pignola, considerava gli italiani dall'alto in basso, la giovane Silvana non si lasciava impressionare né mettere i piedi in testa, col tempo divennero amiche. Guadagnava il doppio del marito, dopo qualche anno Felice si mise per conto suo, nel suo paese, il lavoro non mancava, stavano bene, sereni. Quando nacque la figlia, se ne occuparono le nonne a turno. Silvana lavorò trent'anni in Svizzera, andò in pensione e lasciò il posto a sua figlia Mirella per succederle. Paolo non amava la scuola, la quinta elementare rimase un tormentone nel suo ricordo, andò a imparare il lavoro da idraulico con Felice, la figlia del padrone gli piaceva parecchio, non lo respinse, si sposarono, aspettava Debora, la sposina aveva 18 anni e il giovanotto 19.

Paolo non era come suo suocero, ebbe la fortuna di potere iniziare a lavorare oltre confine con uno zio, stava benissimo nel Vallese, come sua moglie erano dei pendolari felici, privilegiati.

Debora conosceva un'altra realtà, non sopportava la mentalità dei padroni che sfruttavano la manodopera piemontese con una superbia che le dava voglia di urlare. Al bar della stazione, non andava male, la gente era di passaggio, mandava giù un caffè, mangiavano la brioche in piedi, nessuno la guardava personalmente, colore d'ombra. Ordinavano e sparivano, anche lei non faceva caso a loro. La situazione si rivelava non così facile nei rifugi con il lavoro stagionale, essendo molto giovane, i pizzicotti erano all'ordine del giorno, la mano morta pure, lei si vergognava e non osava mandare al diavolo i cafoni. Arrossiva molto imbarazzata, lei, non loro. I peggiori erano i gruppi maschile, dopo parecchi bicchieri di "fendant" e di grappa. Primo perché era giovane, poi straniera, e infine una cameriera, si sentivano superiore e la malcapitata disponibile. Debora imparò presto a farsi rispettare, educata, non rideva alle provocazioni verbali, le volgarità. Dopo una sola stagione nessuno le mancò più di rispetto.

Riconosceva che aveva fatto una gavetta proficua, non solo per via dei soldi, la scuola molto particolare di "conciergerie" era unica nel suo genere, pretendevano il meglio del personale. Usava la Svizzera per valorizzarsi, non il contrario.

Il corso speciale si teneva in un cantone Bernese, in lingua tedesca e inglese, due anni intensi di cose impensate. Imparavano a tenersi diritti, a camminare, a modulare la voce, a vestirsi, truccarsi, pettinarsi, un corso di psicologia, di buone maniere, a usare il tablet o il computer in modo professionale, come comportarsi in società senza strafare, uno stage di pronto soccorso a livello infermieristico, imparare a valutare una malattia grave, un infarto, un TIA, o un ictus, una frattura, una distorsione ecc. portavano una divisa, un tailleur nero e una blusa di seta bianca, delle scarpe con un tacco di tre centimetri, un impermeabile, un cappotto invernale nero imbottito, un berretto siglato. Il corredo era fornito al momento dell'iscrizione, a pagamento appena effettuato.

La domenica era l'unico giorno di libertà con le feste di Natale, Pasqua e quindici giorni in agosto.

Ogni classe comprendeva una ventina di ragazze e ragazzi per sessione. Dormivano in due per camera con un bagno, c'erano una piscina, una sauna a disposizione, una lavanderia e un grande parco magnifico. Il pranzo era servito alle 12, la cena alle 18:30. Una corriera passava due volte al giorno per andare in città a dieci chilometri di distanza. Un pensionato per ragazzi fortunati.

I docenti erano abbastanza giovani, l'età media degli studenti attorno agli 25 anni circa, più numerosi gli uomini delle donne. Tutti determinati, nessun lavativo, nessuno in competizione, si sapeva che le offerte di lavoro abbondavano da tutte le parti del mondo.

Questa scuola aveva un esame d'ammissione e certuni disponevano di borse di studio, nessuno era in questo posto per caso o per passare il tempo.

Debora adorava questa disciplina, non la disturbava il silenzio richiesto di sera, c'erano diversi saloni a disposizione per studiare, una biblioteca, sale con televisori insonorizzate, con pianoforte.

Debora non amava i libri, leggeva per apprendere e basta, i romanzi, la letteratura, l'arte in generale non facevano parte della sua vita. Era pragmatica, osservatrice, guardava e incorporava quel che si trovava davanti. Aveva passato tante estati in alpeggio, sapeva riconoscere gli odori delle piante, il lavoro incessante delle formiche, il modo di comportarsi delle mucche, leggeva nel loro cervello. I cani in sua presenza ubbidivano a un solo sguardo e l'adoravano, ricambiati.

Fece amicizia con la sua compagna di camera, una

Danese, determinata quanto lei. Aveva lavorato sei anni per pagarsi questa scuola, come lei, pressappoco. Non perdevano una lezione, parlavano per ore delle scoperte della giornata.

Uscivano di rado, la domenica si dedicava al dormire tardi, lavarsi i capelli, e magari tuffarsi in piscina. Mangiavano tonnellate di cioccolata, il cibo non era male, ma preferivano quello di casa loro, erano molto dimagrite il primo trimestre.

Troppe patate, purè, rösti, fritte, insalate, zuppe, sognavano delle insalate verdi con pomodori e uova sode piuttosto. Nessun uomo aveva attirato la sua attenzione, aveva accettato un appuntamento con un ragazzo spagnolo, roba da niente, non ci fu un seguito.

Due anni a questo regime passarono in fretta, le fu offerto un lavoro di sei mesi a Ginevra, come assistente, si sarebbe visto in seguito, alla fine, la direzione si dichiarò soddisfatta della sua opera e offrì un contratto a tempo indeterminato. Era fatta, titolare del diploma sognato, finalmente si poteva godere una settimana di ferie al suo paese, farsi coccolare dalle nonne, e dai genitori. La nonna Silvana non capiva che razza di lavoro facesse veramente la nipote. Tradotto in italiano "conciergerie" significa portineria, una scuola carissima oltretutto, insegnava a gestire una portineria sembrava il colmo, una buffonata. Debora spiegò per ore in che consistevano i servizi indispensabili a questo esercizio. La guardavano esterrefatti, come aveva scoperto questo strano lavoro, mica alla scuola alberghiera del paese.

Aveva letto su una rivista un articolo dettagliato

della famosa scuola, unica nel genere, la formazione incredibile che richiedeva, aveva prima sognato poi deciso che sarebbe là che sarebbe andata un giorno. Doveva risolvere i problemi che si portavano appresso i clienti cosiddetti facoltosi. Era pagata per evitare le grane, a parte la droga e la prostituzione, bastava sollecitare e lei risolveva quasi tutto. La sua storia fece il giro del paese, alimentava i discorsi nel treno dei pendolari, si rideva parecchio di aneddoti arricchiti per l'occasione, della duchessa calva che aveva bruciato la parrucca con una candela e doveva sostituirla alle 9 di sera, salvata da Debora che ne scovò una identica nell'armadio degli oggetti smarriti, sicuramente già la sua. Del principe, grande amatore di prostitute, che non riusciva più a districarsi dalla sponda del letto e chiamava disperato di venire a liberarlo, poteva a malapena arrivare a telefonare, due ore che aspettava. Li divertiva parecchio, e divenne la loro piccola diva di famiglia. Spiegò che non si rideva sempre, ci voleva tatto, delicatezza, pazienza, doveva trattare con persone ammalate, partorienti, ubriache in delirio, violente, isteriche, coppie bizzarre, tutto con il sorriso, la cortesia, e soprattutto la discrezione assicurata, non esisteva mai un giorno uguale all'altro, niente noia. Non disse mai l'ammontare del suo salario, a nessuno, ormai faceva parte di un'altra galassia.

Elena aveva un salone di parrucchiera da trent'anni, era stufa marcia di questi cinesi che tagliavano i capelli per 10 euro in città. Era bravissima, divorziata, le spese, le tasse la luce, l'affitto le davano la nausea, liquidò tutto per andare a pulire degli uffici in Svizzera due volta alla settimana guadagnando il doppio e tagliando i capelli in nero a casa dei valligiani.

Si era trasformato pure la cittadina giù dalle valli, supermercati enormi dovunque, una clientela svizzera aveva portato il benessere al commercio, le case antiche furono restaurate, le trattorie si chiamavano ormai ristoranti, servizi di dentisti affollati con offerte di consulenza gratuita si moltiplicavano. Il mondo cambiava,

Sparivano i contadini, le vecchie malghe abbandonate, le baite furono vendute a stranieri innamorati delle pietre, dei muri a secco, a cittadini ignari della rusticità che scoprivano a poco a poco, per dei prezzi irrisori. I pendolari amavano il confort, l'acqua calda, il caldo in inverno, la luce delle grandi finestre, i portici, i muri colorati, i casolari delle vette furono liquidati senza ripensamenti.

I vecchi, sempre più vecchi, ex pendolari degli ultimi vent'anni, si godevano il giardinaggio non più per necessità ma per abitudine, insalate, fagioli, verze, porri, zucchine, patate, pomodori, alberi da frutta, le mogli piantavano rose e gerani. Andavano al bar, vestiti bene, a scambiare le ultime notizie, al funerale di un parente o vicino, in fila indiana due per due al cimitero. I giovani erano rari, guidavano grosse macchine, si conoscevano tutti e si ritrovavano solo di rado per festeggiare una promozione, un pretesto qualsiasi, al bar centrale, con la musica e lo spritz nel fine settimana. Molti lavoravano all'estero, o lontano, quelli rimasti un po' in Italia un po' in Svizzera, alternando.

Il quadro non è drammatico, la ruota gira come la terra. Tutto si modifica, bisogna ripensare un futuro con un clima diverso, anche gli uomini sono cambiati, vivono più a lungo, sono più alti, più androgini, non vogliono più fare figli, lavorare meno. I concetti del passato non valgono niente, non li concepiscono nemmeno. Può darsi che pure le leggi, la costituzione, la politica dovranno darsi una mossa per non finire dritti al muro. Le generazioni precedenti hanno dovuto adeguarsi, le guerre ripulivano distruggendo, nel secolo scorso, dovunque, non solo in Europa. Si ricostruiva, nuove politiche predicavano l'uguaglianza, altre promulgavano il nazionalismo, poi arrivò, dopo la seconda guerra, l'europeismo che doveva mettere i popoli al sicuro, finalmente in pace. Il 2000 ha vissuto molte sciagure, molte illusioni sono state seppelliti, la gente si innamora davanti allo smartphone, facebook, tik tok, si può insultare in linea con l'anonimato, fare sesso, la spesa in linea, le visite mediche a distanza, lo smart working iniziato con le epidemie, adottato poi come un'evidenza.

Si pensavano le montagne e le nevi eterne, i ghiacciai si sciolgono, le rocce si sgretolano, i paesaggi si modificano.

L'uomo fa parte del processo, i secoli passati sono stati torridi nel medioevo, poi seguirono periodi glaciali che crearono i ghiacciai che conosciamo, la rivoluzione francese arrivò al momento in cui la siccità aveva bruciato i campi di grano da qualche anno, niente più farina, niente pane, guerre infinite con tasse, la fame ha fatto traboccare la pazienza dei contadini esasperati. Il turismo iniziò con gli inglesi viaggiatori, scalare le montagne, sciare, la Svizzera era un piccolo paese di montagne, laghi, pastorizia, diventò neutrale, senza guerre, con banche di protezione, potentissime, case farmaceutiche, orologeria e alberghi per turismo di gran lusso, la cioccolata che tutti compriamo e i derivati. Sono nel cuore dell'Europa, producono poco, devono comprare TUTTO per vivere, anche la mano d'opera. Il costo della vita da loro è alto come i salari. Un pendolare paga le tasse ma lo stipendio è del doppio o di più, vivere a casa sua conviene. Sono ricercatissimi i medici, paramedici, specialisti, insegnanti, ingegneri, che hanno studiato nelle facoltà del loro paese non trovando il riscontro finanziario adeguato, attraversano le frontiere allettati da stipendi impensati in patria.

Tutto essendo relativo, il vuoto lasciato da migliaia di artigiani, professionisti, lascia perplessi. Certo il benessere economico è visibile, città pulite, niente più ruderi, ma sono spariti i medici, gli specialisti artigiani, si sono svuotati i villaggi, chi trova più un giardiniere per tagliare le siepi? lui lo fa in Svizzera a 50 franchi l'ora, il carpentiere, il tagliapietre, il fabbro, il muratore. Spariti tutti oltralpe.

Il problema è lo stesso in Francia con il Belgio, il Lussemburgo, la Svizzera.

In Francia, come in Italia la scuola è gratuita, esistono le borse di studio, paghiamo in Italia tasse e contributi per una sanità gratuita per TUTTI. E se ne vanno all'estero i migliori professionisti, che peccato. Non è un giudizio, ma un'amara constatazione.

Debora ha un progetto, lavorerà per imparare il suo mestiere negli alberghi prestigiosi stranieri, poi tornerà in Italia quando sarà in grado di dirigere un Palace, magari sul lago Maggiore, con un curriculum di tutto rispetto, nel VCO delle sue origini. Non è un sogno, sa che avverrà fra qualche anno, non dubita delle sue capacità, ma sa da dove viene e non lo scorda mai.

FINE

Ti è piaciuto questo libro? Scansiona questo codice per lasciare subito una recensione! Basta una riga, la tua opinione è preziosa e aiuta altri lettori a scoprire questa storia.

Oppure digita:
https://www.amazon.it/review/create-review?asin=B0DX2MH38V

Autore

Il suo sito: *www.enicod.it*

http://www.facebook.com/enicod.IT

info@gatteria.it

instagram.com/evelyne.nicod

Evelyne Nicod è conosciuta per le sue creazioni artistiche legate al mondo felino, dipinti, acqueforti e illustrazioni di prodotti commerciali, come calendari, biglietti, cartoline, chiudipacco, segnalibri, carte da gioco, tarocchi, zodiaco e molto altro, per le edizioni "Gatteria".

Dopo una vita dedicata a raccontare storie con l'immagine – tra illustrazioni, dipinti e acqueforti – l'autrice ha trovato nella scrittura una nuova forma di espressione. I personaggi che prima tracciava col pennello prendono ora vita sulla pagina. I suoi racconti sono ritratti letterari, in cui si intrecciano memoria, identità e misteri del quotidiano.

Pagina dell'autore su Amazon, le informazioni e **tutti i libri** in formato cartaceo ed ebook Kindle: https://www.amazon.it/stores/author/B0085AIST2

LIBRI (PAPERBACKS) RECENTI SU AMAZON

Benvenuti nel catalogo digitale di Evelyne Nicod. Queste pagine presentano l'intera collezione delle pubblicazioni. **Per consentire di accedere facilmente ai libri descritti, è possibile collegarsi a questa pagina che lo consente:** ***https://gatteria.it/enicod_it/catalogo.html***

- *Biglietto di sola andata, però in prima classe*
  Racconta dell'emigrazione ossolana.
    http://www.amazon.it/dp/B09XBS7T39/

- *Villa Celeste ed altre storie*
  Gli abitanti che si sono succeduti nella villa.
    http://www.amazon.it/dp/B09X59B3TJ/

- *Schizzi e ritratti* di molti personaggi femminili.
    http://www.amazon.it/dp/B09XHN94FQ

- *Le madri* Queste creature di potere, che ci hanno messe al mondo per puro caso https://www.amazon.itdp/B0B8RKDZM

- *Amarcord* Cinque storie di donne che non si lasciano trascinare dal destino http://www.amazon.it/dp/B0CVH32QNC

- *Sorellina cara* Due destini si incrociano. Un segreto sepolto nel passato   http://www.amazon.it/dp/B0C7J5GM16/

- *Donne fuori rotta:*
  https://www.amazon.it/dp/B0F8ZP7NDD

- *Mestiere: gatto* 18 racconti felini.
    http://www.amazon.it/dp/B086PN1KN9/

- *Da un gatto all'altro, un'antologia*
  Raccoglie i Tarocchi, lo Zodiaco, l'Alfabeto.
    http://www.amazon.it/dp/8887709971/

- *Ciccia, un gatto on the road again.*
    http://www.amazon.it/dp/B089CRK13D/

- *Scacco gatto in due mosse, due novelle e molte illustrazioni*
  Con due racconti, scacchi fustellati Bianchi e Neri, una scacchiera.
  http://www.amazon.it/dp/B0080BWAAY/
- *Tutti i segnalibri della Gatteria* A colori, tutti i segnalibri
  ormai fuori commercio, per verificare la raccolta.
  http://www.amazon.it/dp/B0892HRV7Q/
- *Tutti i biglietti della Gatteria* A colori, tutti i biglietti ormai fuori commercio, per verificare la raccolta.
  http://www.amazon.it/dp/B08PJPWH9H/
- *Ex libris* Tutte le acqueforti.
  http://www.amazon.it/dp/B08RLBYJJW/
- *I ritratti della National Gattery.*
  http://www.amazon.it/dp/B08QWH3D32/
- *Trent'anni di calendari di tutti i tipi*
  Calendari poster, da parete, da tavolo, agende
- *Calendario dei compleanni* Calendario perpetuo.
  http://www.amazon.it/dp/8887709963/
- *Italian Cats, an unusual Deck of cards* Il mazzo del 1996
  con un errore di Piatnik, il 10 rosso con 11 semi.
  http://www.amazon.it/dp/B08PJ1LKDJ/
- *I Tarocchi del gatto in 22 Arcani maggiori*
  Basato sulla seconda edizione del 1990.
  http://www.amazon.it/dp/8887709637/
- *Lo zodiaco del gatto* in dodici segni.
  http://www.amazon.it/dp/8887709653/
- *Cat alphabet coloring book*
  www.amazon.it/dp/B09GJS133N/
- *Alfabeto gattesco* https://www.amazon.it/dp/8887709661

Le monde d'Alice Moprez
24 esquisses et portraits de femmes
Carpe Diem
Amitié en parallèle
La femme de l'ombre

EBOOKS *tutti illustrati:*
Disponibili su Amazon, Kobo, Google Books.

* *Le madri* Queste creature di potere, che ci hanno messe al mondo per puro caso
  https://www.amazon.it/dp/B0B9KGHPJ7/
* *Sorellina cara* Due destini si incrociano. Un segreto sepolto nel passato
  http://www.amazon.it/dp/B0C8GMVBT5/
* *Biglietto di sola andata, però in prima classe* Racconta dell'emigrazione ossolana.
  http://www.amazon.it/dp/B0892V89X6/
* *Villa Celeste ed altre storie.* Gli abitanti che si sono succeduti nella villa.
  http://www.amazon.it/dp/B08WHCN9C4/
* *Schizzi e ritratti* di molti personaggi femminili.
  http://www.amazon.it/dp/B09LWGSCHC/
* *Amarcord* Cinque storie di donne che non si lasciano trascinare dal destino
  http://www.amazon.it/dp/B0DX2MH38V/
* *Donne fuori rotta* Quattro donne. Quattro vite che cambiano tutto. Una di loro potresti essere tu
  http://www.amazon.it/dp/B0F91TS3C3/

Mestiere gatto 18 racconti illustrati. (IT)
Les tarots du chat in 12 arcani maggiori
Lo zodiaco (IT, FR)
Lo zodiaco in acquaforte (IT, FR)
Scacco gatto in due mosse due novelle (IT)
L'alfabeto gattesco (IT, EN, FR, DE)
Ciccia, un gatto on the road again (IT)
The national Gattery (EN)
Italian Cats, an unusual Deck of cards (EN)

BIGLIETTO DI SOLA ANDATA
ma in prima classe

Giulia nasce in Italia, la sua famiglia si trasferisce in Francia dopo la seconda guerra mondiale.

La bambina fa fatica a ambientarsi, preferisce il suo paese di origine, vuole studiare e diventare giornalista in Italia. Viaggia in tutto il mondo, torna a vivere a Milano da single, una vera solitaria per scelta.

La sua vita sentimentale è libera, niente legami. Però scopre a cinquanta anni che il suo corpo ha le sue esigenze e corre, anzi si precipita ai ripari.

Mai troppo tardi per volersi un po' di bene. Arriva la vecchiaia, il confinamento, c'est la vie …

La vecchiaia risveglia i sogni nel cassetto delle protagoniste delle due ultime novelle. Una restaura libri e oggetti, le due altre coniugano le loro capacità, per creare un'attività di comunicazione lucrativa e gustativa.

Je suis un arbre .
Mon feuillage débonnaire
Abondant et généreux,
Attire toujours les amoureux
Mon parfum ensorcelant
Fait le délice des passants
Depuis un siècle les saisons
Ont renforcé ma conviction
Qu'être un tilleul est ma vocation

MESTIERE: GATTO
diciotto racconti illustrati

- 2003 La famiglia   Un sole rovente piomba sul sasso graticola che funge da sdraio ...
- 2004 È nata una stellina   Questa non è finzione, i personaggi di questo racconto esistono, eccome ...
- 2005 Gigi il magnifico   Sembrava un topo gigante per il colore del mantello, ma il suo incedere ...
- 2006 Tea, gatta metropolitana   In una notte di luna piena, limpida, nel cortile di un garage del centro ...
- 2007 La vera vita di Marie e Bella   Era il 17 marzo 1945 in un villaggio innevato dell'alto Jura francese
- 2008 Gli eremiti   Il viaggio era alquanto pittoresco: ottanta mucche salivano in gruppo ...

- 2009 Rosa, io ti salverò Arrivò in un pomeriggio uggioso, lo splendido corpo muscoloso ormai stremato
- 2010 Ciccio, gatto urbano Nella periferia inquinata della megacittà, l'afa di luglio ...
- 2011 Il Relais des Anglais I tre mici vivono in riva al mare in un albergo detto "di charme" ...
- 2012 Una bella famiglia   E' nata dispettosa e prepotente, ma la natura generosa nei suoi confronti, ...
- 2013 C'era una volta ... Ciccia Cullata da una sonnolenza deliziosa, la narratrice fissava il cielo ...
- 2014 Silvestro ed il badante Il suo nome da fumetto gli stava a pennello, bianco e nero come da copione, non bello ma simpatico
- 2015 Furia, l'intruso Mimì, la tigrotta, sta montando la guardia dietro al portaombrelli del corridoio buio, il campanello ha già suonato due volte, chi sarà a quest'ora così tarda? ...
- 2016 Rossolo, il valoroso Siamo nel Puy-de-Dome, in un albergo circondato da un grande parco, molto rigoglioso ...
- 2017 Mimmo e Mimì, i gemelli scatenati Il mio nome è Mimmo, quello di mia sorella Mimì. Così fummo chiamati dai primi umani che ci presero in casa ...
- 2018 Ciccia forever Dopo varie esperienze "gattesche" finite in tragedia, fu deciso di non ricadere più in situazioni del genere
- 2019 Dal diario di Ciccia Ciccia, dopo sei anni di zitellaggio ...
- 2020 Piuma La montagna risplendeva nel suo manto verde di giugno. ...

Le madri, queste creature di potere, che ci hanno messe al mondo per puro caso, hanno spesso determinato delle carriere fortunate ai loro figli, vedi Albert Camus, Gustave Flaubert, Romain Gary, Albert Cohen, o rovinato del tutto le vite dei loro ragazzi, vedi Jules Drenar (cito i francesi che conosco meglio, scusatemi), hanno fatto scrivere un libro a Hervé Bazin dove il personaggio della Folcoche impersonava sua madre, un mostro detestabile.

Si esaltava spesso il senso del sacrificio, la dedizione assoluta di persone che non hanno altra scelta che aiutare a crescere delle creature, al meglio delle proprie capacità.

Ma ci sono anche le ribelli, quelle che non ci stanno proprio e lasciano fare alla provvidenza La via di mezzo non esiste, o brava o no, il tiepidino non si addice alla maternità.

Ne ho tracciato qualche profilo, volete sapere se esistono davvero? Un po' sì, un po' no.

La mia era eccezionale, ma questa è un'altra storia, molto privata.

Sono ritratti di donne, più che altro degli schizzi, che raccontano percorsi di vita, spesso significativi di una certa epoca, quella che l'autrice conosce meglio.

I personaggi di Carla, Mimma, e le altre, si inseriscono sul nostro cammino, qualche volta ci somigliano, le abbiamo conosciute, da vicino, molte furono compagne di viaggio nella nostra vita.

Fanno parte da decine di anni di un teatrino, così vivo che le si può descrivere anche in dettaglio, non solo nei caratteri e nelle vicissitudini incontrate, ma pure nel fisico, come ci nutrivamo, vestivamo.

Siamo tutte un po' loro, per sempre. Si tratta però di finzione, se no dove sarebbe il divertimento.

La realtà fugge all'autrice, preferisce inventarsi di sana pianta questi scenari: come un disegno, si sa come si comincia ma non come finirà, ingarbugliato o liscio, che importa!

Dedicato a tutte le amiche di un lungo percorso.
Con affetto

Cinque storie di donne che non si lasciano trascinare dal destino. Niente fatalità, non mancano gli ostacoli che daranno forza alla vita.

Amano, sono lasciate, consapevoli della precarietà dei sentimenti loro e degli altri, soprattutto degli altri.

Hanno in comune la fortuna di essere state allevate da famiglie affettuose .

Come affrontare il dolore dopo la perdita di una persona amata.

Storie di tutti noi e qualche considerazione personale. Come resistere a un "Amarcord"?

Villa Celeste e altri racconti – Storie di donne, di legami e di segreti Un intreccio di racconti che esplorano le vite, le emozioni e le scelte di donne indimenticabili. Ogni storia è un frammento di vita, un viaggio attraverso sentimenti contrastanti, legami familiari complessi e sorprendenti incontri.

Villa Celeste Una dimora affacciata sul lago, che cambia volto con ogni nuovo proprietario. Nel tempo, la casa si trasforma, ma il lago e i cipressi restano, testimoni silenziosi di destini intrecciati.

La ragazza senza memoria Un'amnesia, un nuovo inizio, e una serie di eventi che la porteranno a ricostruire il proprio passato e a trovare, finalmente, la serenità.

La falsa mitomane Inventare storie per sopravvivere: c'è chi lo fa per necessità, chi per istinto. Ma quando la menzogna diventa realtà, cosa resta della propria identità?

Famiglia, ti odio Una madre che non riesce ad amare la figlia maggiore, una figlia che risponde con il disprezzo e un viaggio verso nuovi orizzonti, lontano da un passato soffocante.

Due destini si incrociano. Un segreto sepolto nel passato. Un dilemma che nessuno vorrebbe affrontare.

Sulla Terra vivono sette miliardi di persone, ognuna unica, definita dal proprio DNA. Eppure, la vita è imprevedibile: il destino intreccia strade che non avrebbero mai dovuto incontrarsi.

Robert e Nina provengono da mondi diversi. Le loro famiglie, i **Locatelli** e gli **Escher**, si sono spostate più volte nel corso delle generazioni, separate dalla guerra e dall'emigrazione. Nessuno di loro avrebbe mai potuto immaginare che il passato sarebbe riemerso con tanta forza.

Quando Robert e Nina si conoscono, l'attrazione è immediata. Ma quello che inizia come un incontro casuale si trasforma presto in un enigma morale. Un segreto antico li separa. **Se lo scopriranno, riusciranno ad accettarlo? O sarà troppo tardi?**

Questa raccolta invita il lettore a viaggiare attraverso le vite di donne che sfidano convenzioni, costruiscono identità e navigano le complessità dei legami umani in un mondo in evoluzione.

"Domani sarà un altro giorno", "Bastò lo sguardo" e "Nonna, figlia e nipote" formano un trittico narrativo dove risuona il tema dell'ascensore sociale femminile, con le sue conquiste e i suoi costi. Ogni racconto cattura le sfide dell'emancipazione, dell'ambizione e della ricerca di autenticità nei rapporti interpersonali.

Bene, se avete avuto la costanza di arrivare in fondo, e pensate che questo libro vi abbia fatto trascorrere un po' di tempo lontano dai problemi quotidiani, potete lasciare una recensione sul sito di Amazon che sia di aiuto nella scelta ai visitatori.

Qui il libro: https://www.amazon.it/dp/B0DX2MH38V

Qui la recensione diretta:

https://www.amazon.it/review/create-review?asin=B0DX2MH38V

Oppure direttamente, scansionando questo codice per lasciare subito una recensione! Basta una riga. La tua opinione è preziosa e aiuta altri lettori a scoprire questa storia.

Copyright

Questo volume è stato stampato nel febbraio 2024 da Amazon